Illisibilité partielle

Début d'une série de documents en couleur

VALABLE POUR TOUT OU PARTIE DU DOCUMENT REPRODUIT

COUVERTURES SUPERIEURE ET INFERIEURE D'IMPRIMEUR

Fin d'une série de documents
en couleur

LE

NAVIRE-FANTOME.

2e SERIE P. IN-8o.

LE NAVIRE-FANTOME

VOYAGE DU VAN-DIÉMEN

NAVIRE HOLLANDAIS

DANS UNE ILE D'ANTHROPOPHAGES

PAR WILLAM D'ARVILLE

LIMOGES

EUGÈNE ARDANT ET Cie, ÉDITEURS.

INTRODUCTION.

Il y a peu de lecteurs qui n'aient entendu citer les effets étonnants du mirage. Ces hallucinations, dont la cause n'est pas encore expliquée d'une manière satisfaisante, ne se produisent pas seulement sur les sables brûlants des déserts ; on les éprouve aussi dans les solitudes de l'océan Indien, où les rayons du soleil tombent presque toujours perpendiculairement sur les flots : mais dans ces latitudes les effets sont souvent terribles, s'ils se font sentir sur un équipage entassé sous le pont et privé d'air frais et pur ; ils produisent la calenture, maladie subite et mortelle si on n'y porte promptement remède ; monsieur Beissen, chirurgien de marine, n'a jamais observé que les sujets atteints de ce mal fussent portés à se jeter à la mer, que, dans leurs hallucinations, ils prenaient pour des prairies et de riants ombrages, ainsi qu'on l'a toujours cru ; il pense que quand ils se précipitent dans les flots, c'est qu'ils croient fuir des êtres fantastiques qui les menacent, qui les poursuivent avec fureur.

Souvent ce mal est contagieux; l'invasion est presque toujours instantanée et a lieu au commencement de la nuit, durant les calmes. Quoi qu'il en soit, un assez grand nombre de faits viennent à l'appui de l'opinion de ceux qui regardent cette hallucination comme étant de la nature du mirage, c'est-à-dire qu'au lieu d'offrir des ruisseaux comme dans les déserts, ce sont des prairies, des ombrages frais et verdoyants qu'elle offre aux navigateurs qui en sont atteints.

Quelquefois cette hallucination se présente sous un autre aspect, mais alors on peut l'expliquer par un effet d'optique, et par la réflexion du rayonnement des corps opaques dans les vapeurs qui s'élèvent le soir sur la vaste étendue de l'Océan.

L'image du navire, daguerréotypée, se présente aux yeux des matelots étonnés et avance, en droite ligne, sur le navire. C'est à ce phénomène qu'il faut attribuer la croyance à l'existence du navire-fantôme, du voltigeur hollandais. Cette croyance est si fortement enracinée dans l'esprit grossier des matelots, et souvent des officiers, qu'elle est la source de mille contes plus merveilleux les uns que les autres, avec lesquels les marins charment les ennuis d'une longue navigation.

LE

NAVIRE-FANTOME.

CHAPITRE PREMIER.

Le Van-Diémen. — Rencontre du navire-fantôme. — Idées superstitieuses de l'équipage. — La Calenture. — Mort terrible du capitaine Van-Steuben. — Folie furieuse du lieutenant. — Le chirurgien français; ses services. — Ile inconnue.

LE *Van-Diémen,* navire hollandais de dix-sept cents tonneaux, revenait du golfe de Carpentasie et se dirigeait sur Batavia, capitale des possessions hollandaises dans les grandes Indes, vers la fin de l'année 1753. Il avait eu pour mission d'explorer les côtes de la grande île dont il portait le nom, et d'y étendre les relations commerciales de la compagnie hollandaise, car, avant tout, les Hollandais sont commerçants. Lorsque, l'année précédente, le capitaine Van-Steuben était parti de Batavia pour remplir sa double mission, il avait un équipage nombreux, des provisions de bouche pour un an, et une suffisante quantité d'armes de toute espèce pour se protéger en cas d'attaque, car, à cette époque, les mers des Indes étaient infestées de pirates qui étendaient souvent leurs courses fort loin ; mais à son retour, il se trouvait à la tête d'un équipage que les maladies et deux rencontres avec les naturels de Van-Diémen avaient fort affaibli. Le navire avait aussi beaucoup souffert des coups de vent si fréquents dans les parages qu'il venait de parcourir ; les vivres se trouvaient avariés, l'eau remplie de petits vers qui forçaient l'équipage à la filtrer avant d'en faire usage.

Le capitaine Van-Steuben, sentant la nécessité de gagner une terre amie, après avoir consulté sa carte marine, crut qu'il ne devait pas s'écarter du quinzième degré de latitude sud, et qu'il pourrait trouver une bonne relâche sur la côte de la Tasmanie ; avec un bon vent il l'atteindrait en cinq jours de navigation. Cette détermination, dont il fit part à son équipage, releva un peu les courages abattus : les souffrances étaient grandes à bord, surtout à cause de la mauvaise qualité de l'eau et de la petite quantité qu'on était obligé, par prévoyance, de distribuer à l'équipage, à qui elle est si nécessaire dans les contrées intertropicales.

Le soir même, à l'instant où le disque embrasé du soleil semblait se plonger dans les mers de l'ouest, la vigie fit entendre le cri : « Une voile à l'ouest. » Un vent très fort de l'est gonflait les voiles du *Van-Diémen* et donnait à sa marche une très grande rapidité. Tout l'équipage monta sur le pont et sur les haubans; une rencontre en mer a toujours quelque chose d'inquiétant pour le commandant du navire, et est une distraction pour les matelots fatigués de promener leurs regards sur la solitude des flots.

Van-Steuben braqua sa lunette vers le point de l'horizon indiqué par la vigie : un grand navire, toutes voiles dehors, s'avançait rapidement vers le *Van-Diémen*, ce qui surprit le capitaine. Le soleil venait de disparaître, et dans les traînées lumineuses qui inondaient encore l'Océan, il distingua parfaitement le navire et toutes les dispositions de ses mâts et de sa voilure; la coque du navire, fort bombée, annonçait un navire hollandais d'un tonnage égal à celui du *Van-Diémen*. Mais ce qui étonnait le capitaine, c'était de le voir naviguer contre le vent sans dévier de la ligne droite.

— Prenez la lunette, Van-Eltrop, dit-il à son lieutenant, et faites vos observations.

Après un assez long examen, le lieutenant rendit l'instrument à son chef en disant :

— Ce navire est hollandais de construction; son gréement le prouve aussi; mais ce que je ne puis comprendre, c'est qu'il vient sur nous avec rapidité, avec un vent contraire comme celui qui souffle en poupe.

Les mêmes observations étaient faites dans les

autres parties du navires ; l'étonnement était général.

Cependant le navire avançait vers le *Van-Diémen* d'autant plus rapidement que celui-ci marchait rapidement poussé par un vent favorable.

— Faites serrer les basses voiles, Eltrop, dit le capitaine, et carguer celles des mâts de misaine et d'artimon. Carguez tout, cria-t-il un instant après ; alerte, enfants, virez la barre au sud.

C'est que le grand navire, sans dévier de la ligne droite, arrivait sur le *Van-Diémen*, qu'il allait heurter; il n'en était plus qu'à un quart de mille.

Le commandement fut exécuté avec précision, le *Van-Diémen* tourna lentement l'avant vers le sud, et après un instant d'hésitation, reprit sa marche, mais lourdement et en faisant sentir un fort roulis.

— Voyez donc, Eltrop, ce navire a toutes ses voiles ouvertes au vent, elles sont gonflées en sens contraire de sa marche ; suis-je trompé par une illusion?

— Non, répondit Eltrop d'une voix altérée ; si vous êtes dans l'illusion, je l'éprouve aussi.

Il y eut un silence profond à bord ; on n'entendait que le bruissement des voiles et les coups sourds des flots contre la coque du navire.

Le grand navire approchait ; ses hauts mâts chargés de voiles semblaient grandir ; son avant, entouré d'une masse d'écume, rejetait les flots poussés par le vent avec autant de facilité que s'il lui eût été contraire.

— Voyez-vous des hommes dans les haubans, sur quelque partie des mâtures? demanda le capitaine à voix basse.

— Je n'en ai découvert aucun, répondit Eltrop; il vire de bord, il va nous aborder.

L'équipage, composé de marins expérimentés, suivait d'un œil inquiet la marche étrange du navire et pressentait un abordage toujours si dangereux; il était haletant. Le porte-voix du capitaine se fit entendre : Holà! hé! du navire, prenez garde!

Le navire arrivait à deux ou trois encâblures du *Van-Diémen*, le choc paraissait inévitable. Tout-à-coup l'avant du navire inconnu se tourne vers le nord-nord-est, s'enfonce dans l'écume frémissante et range gracieusement la hanche droite du *Van-Diémen*, dont il s'éloigne avec autant de rapidité qu'il s'en était approché. Sa haute poupe se dressa, mais pas une voix ne répondit au second appel du porte-voix de Van-Steuben. L'équipage était encore plongé dans le silence de la stupeur quand le grand navire disparaissait dans la brume du soir.

A l'avant du *Van-Diémen*, un groupe de matelots environnait un homme assis sur un rouleau de câbles; on l'écoutait avec une attention singulière. Cet homme se nommait Jacques Jossen, le maître charpentier.

— J'ai fait trois fois la traversée de Hollande à Batavia, disait-il, et c'est la seconde fois que je viens dans ces parages, où se trouve la grande île dont notre navire porte le nom : bien des fois nous avons rencontré des navires en mer, nous les avons hêlés et ils répondaient ; ceux que le vent contrariait pinçaient leurs voiles et faisaient ce que tout marin qui a chair et os sait faire en pareil cas ; mais je n'ai jamais rencontré de navire filant avec aisance, toutes voiles dehors, et marchant vent contraire ; non, jamais je ne l'ai vu, et pas un marin ne me donnera un démenti : c'est le vent qui nous guide et c'est l'homme qui, par l'habileté de ses manœuvres, sait utiliser le vent.

Je ne vous demande point ce que vous avez vu vous-mêmes, mes amis ; si je vous le rapportais et que vous ne l'eussiez pas vu, vous diriez : maître Jossen avait la vue trouble, on lui avait donné double ration de liqueur... Ai-je eu double ration? je vous le demande, à vous tous qui m'écoutez ; en avez-vous eu vous-mêmes? et cependant vous l'avez vu comme moi : un navire naviguant aussi vite vent contraire que si ce vent l'eût chassé de la poupe. Vous l'avez vu comme moi, ses voiles gonflaient à l'ouest et il marchait à l'est ; enfin vous avez entendu le porte-voix du commandant le hêler, quelqu'un a-t-il entendu la réponse ? si quelqu'un l'a entendue qu'il se lève et me dise que j'ai menti quand j'affirme que l'on n'a pas répondu à notre commandant ; j'attends qu'il se lève.

Pas un matelot ne bougea, pas une bouche ne s'ouvrit. Le maître charpentier, Jacques Jossen, reprit :

— Voulez-vous que je vous dise mon opinion ?

Tous les auditeurs avancèrent la tête pour mieux entendre.

— Mon opinion, reprit Jacques Jossen, est que nous avons rencontré le vaisseau-fantôme, le voltigeur hollandais...

Le frisson parcourut tous les auditeurs.

— Et cette rencontre, fit le maître charpentier, n'a jamais été d'un bon augure ; je n'ai connu qu'un seul matelot, Osborn, qui soit revenu d'un naufrage après la rencontre du navire-fantôme dans les parages du cap de Bonne-Espérance : combien d'autres ont emporté dans les abîmes de l'Océan le récit de cette rencontre !

Les gens de mer, sans cesse en lutte avec les grandes puissances de la nature, sont très superstitieux : ne comprenant pas que ces effrayants phénomènes qui soulèvent les flots, qui occasionnent les tempêtes qui mettent chaque jour leur vie en péril, rétablissent l'équilibre entre les forces de la nature, ils les attribuent à des puissances d'autant plus terribles qu'ils ne les comprennent pas ; ils restent dans le champ sans bornes du merveilleux.

Le discours du maître charpentier fut bientôt connu, avec amplification, de tout l'équipage. Ils avaient rencontré le vaisseau-fantôme, le voltigeur hollandais; ils devaient faire naufrage. Il faut avouer que tout concourait à donner de la consistance à cette opinion; le commandant et le second s'étaient retirés dans leurs cabines l'air tout pensif, et n'avaient rien dit de ce qu'ils pensaient de cette rencontre.

Le véritable marin est fort contre les vents, contre les tempêtes; il voit contre quoi il doit lutter, et il lutte le front calme, le cœur énergique; mais contre des dangers insaisissables par les sens, il ne trouve en lui ni force ni énergie, il croit à la fatalité; que peut-il opposer à des forces invisibles?

Une terreur concentrée se mit dans l'équipage; les yeux interrogeaient le visage du capitaine et du lieutenant, et n'y lisaient rien de rassurant. Le vieux Van-Steuben se promenait sur le pont, les mains derrière le dos, la tête penchée; le second ne paraissait pas plus rassuré : la manœuvre n'en allait pas mieux. En relevant la hauteur, on avait reconnu qu'on avait dépassé la côte de la Tasmanie, et que le navire se trouvait de beaucoup en-dehors de la route qu'il devait suivre.

Un seul homme, à bord, semblait à l'abri de ces terreurs superstitieuses; c'était un chirurgien français que l'amour des découvertes et de la science avait adjoint à Van-Steuben, lors de son départ de Batavia. Il est vrai de dire qu'il n'avait rien vu de ce qui s'était passé, étant alors retenu auprès des nombreux malades entassés sous le pont. Le soir, lorsqu'il se trouva réuni au commandant et au second, étonné de leur attitude et de la contrainte peinte sur leurs visages, il en demanda la cause. Le capitaine la lui raconta d'un air égaré.

Monsieur Flamel, ainsi se nommait le chirurgien français, crut reconnaître dans le capitaine les symptômes de la calenture. Il conseilla au capitaine de prendre une assez forte dose d'émétique ou de se faire saigner, mais celui-ci rejeta le conseil avec violence et refusa tout secours. Le second ne se montra pas plus docile, et le chirurgien se retira désolé et prévoyant les suites funestes d'une maladie dont les résultats ne se font pas attendre si on n'y porte pas remède dès son début. Seulement il prévint les matelots de surveiller les démarches de leurs deux commandants, qui venaient de refuser les remèdes qu'il leur avait conseillés.

C'était particulièrement au chef charpentier que monsieur Flamel avait fait cette recommandation, le regardant comme un homme plus sensé que les autres gens de l'équipage. Mais, à peine s'était-il éloigné que maître Jacques Jossen, appelant à lui le chef calfat, le maître voilier et plusieurs autres, leur dit :

— Mes amis, jamais on n'a vu le navire-fantôme sans que de grands malheurs s'ensuivissent; déjà cela se réalise à bord du *Van-Diémen*. Le commandant et le second sont frappés de folie; le chiurgien vient de nous recommander de veiller à leurs actes; vous comprenez bien que cette recommandation ne s'est jamais faite sur un navire que montent d'honnêtes matelots hollandais. De deux choses l'une : ou le chirurgien a perdu la raison, ou le commandant et le second l'ont perdue. Le commandant est toujours le commandant, et le second toujours le second; sans eux, qui conduirait le navire?... Il me paraît donc évident que le chirurgien n'a pas raison; d'ailleurs il n'est pas Hollandais, et Van-Steuben et Van-Eltrop sont de pur sang hollandais. Pour moi, tout ceci serait décisif, mais je ne vois pas quel intérêt ce Français aurait à discréditer nos chefs; il est seul sur notre bord, avec ses deux noirs, et n'a jusqu'ici rendu que de bons et loyaux services à l'équipage. Je vous avoue que je ne sais que penser de notre situation.

C'était à la chute du jour que Jossen tenait ce langage, et ses auditeurs s'en montraient fort effrayés. Tout-à-coup le capitaine parut à l'autre bout du pont; les matelots purent remarquer que son visage était enflammé comme s'il éprouvait une violente colère. Sa démarche saccadée, les mouvements désordonnés de ses bras leur firent penser que le chirurgien pouvait bien avoir raison; ils observèrent donc avec inquiétude le vieux Steuben, mais ils n'osèrent bouger : un capitaine est roi sur son bord. Van-Steuben s'approcha des bordages, contempla la mer quelques instants dans une immobilité silencieuse; puis soudain, sans que les matelots eussent pu soupçonner son dessein, il posa la main sur la traverse, et d'un élan se précipita dans la mer. Aux cris des matelots on accourut de tous côtés; on lança des bouées là où le capitaine s'était précipité, tandis qu'on décrochait la petite chaloupe; mais le navire filait avec rapidité et se trouvait déjà éloigné quand la chaloupe prit la mer. En vain elle fit force de rames, nagea en tous sens, Van-Steuben ne parut plus. On arrêta la marche du navire, on recommença les tours et les détours; l'abîme avait saisi le capitaine, et l'abîme ne rend presque jamais sa proie.

Un morne silence régna sur le pont; Jacques Jossen ne pérorait plus, mais il levait les yeux au ciel dans l'attitude du désespoir. Tout-à-coup, de grands cris partirent de la cabine du lieutenant, puis on entendit l'explosion d'un pistolet. Quel nouveau malheur attend encore l'équipage! On court, et on heurte un homme qui fuit : sa figure est ensanglantée. C'est le chirurgien français, que le lieutenant, dans un transport de fureur, a déchiré, et sur lequel il a déchargé un pistolet.

— Si vous voulez sauver votre lieutenant, leur dit-il, courez vite, saisissez-vous de lui, il est en proie à la calenture; j'ai voulu lui pratiquer une saignée et il m'a déchiré le visage; allez donc, malheureux, ou il va finir comme son pauvre commandant.

— Vous nous l'aviez prédit, s'écria Jossen ; hâtons-nous, camarades.

Ils n'eurent pas à aller bien loin. Van-Eltrop apparut furieux, il vint tomber sur le pont en proie à d'épouvantables convulsions.

— Attachez-le, attachez-le, cria le chirurgien ; si je ne puis le saigner, c'est un homme mort.

Aucun matelot n'osa toucher au lieutenant, qui bondissait et retombait en rugissant sur le pont.

Enfin Jossen le saisit par un bras, deux autres l'enlacèrent, mais il déploya une force surhumaine et les renversa, les déchira avec les ongles et les dents ; c'était un spectacle effrayant. Le chirurgien seul ne perdit pas la tête, et put jeter une couverture sur le malheureux lieutenant ; on vient enfin à son aide et on arrache les matelots d'entre ses mains. Dès que ses mouvements furent neutralisés, le chirurgien, que l'on aidait, saisit le bras gauche, le fit maintenir immobile et pratiqua une saignée, mais le sang ne coulait point ; il l'excita et obtint enfin un sang noir et épais.

Le navire donnait des coups violents de tangage.

— Mes amis, dit monsieur Flamel, allez veiller à la marche du navire ; que deux d'entre vous restent avec moi, je réponds de la vie du lieutenant.

Il était temps de songer à surveiller la marche du navire : on apercevait, à plusieurs encâblures, une grande agitation et une écume épaisse, indices des brisants. Cependant aucune terre n'était en vue.

Au commencement du second quart de nuit, le lieutenant s'était endormi paisiblement, et Flamel avait pu bander le bras, jugeant qu'une plus forte émission de sang n'était pas nécessaire. La rage de la calenture n'a pas d'autres remèdes que l'émétique ou la saignée, et cède promptement à ces deux moyens. Le chirurgien s'occupa alors de lui : les blessures qu'il avait au visage étaient peu dangereuses, il les lava avec soin ; la balle du pistolet ne l'avait heureusement point atteint, ce fut le salut d'une partie de l'équipage, ainsi qu'on le verra par la suite de ce récit.

Il est impossible de se figurer la sombre consternation des matelots; chacun retournait à son poste, mais il n'y avait plus de chef pour les commander; ils orientèrent machinalement et se jetèrent dans le lit du vent, après avoir évité les brisants contre lesquels le navire allait se mettre en pièces sans la promptitude du timonier, qui avait changé la barre du gouvernail assez à temps pour les éviter. Quand le lieutenant s'éveilla, il se trouva calme, mais faible ; il n'avait pas conscience de ce qui s'était passé, et ce fut avec un douloureux étonnement qu'il entendit le chirurgien le lui raconter.

— Sur vous, lieutenant, lui dit Flamel, repose le sort de l'équipage : je crois que nous faisons fausse route et que le vent nous emporte trop au sud. Pouvez-vous vous lever et monter sur le pont?

Dès qu'il y fut, il reconnut aussitôt la justesse de l'observation de Flamel, et appela ceux dont les renseignements pouvaient le mieux l'éclairer.

— Monsieur Flamel, dit-il ensuite, votre conduite, durant les événements aussi douloureux que terribles qui ont eu lieu sur ce bord, vous a acquis la confiance de l'équipage. Parcourez le navire, tâchez de relever les courages, éclairez-les, je vous le demande au nom de l'intérêt commun. Ces gens sont frappés de torpeur; s'ils n'en sortent pas, nous sommes perdus : le navire a fait fausse route, il faut que je relève la hauteur et que je sache au juste où nous sommes.

Le chirurgien ne trouva que des hommes mornes, au visage consterné; il s'adresa à Jossen : il savait qu'il exerçait une grande influence sur les matelots. Mais Jossen était fataliste, il s'attendait à faire naufrage; n'avait-on pas vu le navire-fantôme? n'était-il pas un messager de la mort? n'était-il pas venu les prévenir de s'y préparer?

Le chirurgien profita de cette dernière idée pour agir sur l'esprit de Jossen.

— Mon ami, lui dit-il, puisqu'il en est ainsi, préparons-nous à mourir et à paraître devant Dieu en gens qui ont fait leur devoir jusqu'à la dernière heure; vous connaissez le vôtre, remplissez-le avec courage et résignation; parlez de cela à vos camarades; exhortez-les à bien faire, à ne pas se courber lâchement sous la crainte; ne savez-vous pas qu'il est écrit : aide-toi le ciel t'aidera?

— Vous parlez bien, Monsieur, oui, vous parlez bien ; vous avez raison, il faut faire son devoir jusqu'à la fin. Ce pauvre vieux Steuben sait maintenant qu'il est bon de l'avoir fait ; je vais parler à l'équipage. Il faut lutter contre le malheur, lutter jusqu'à la fin ; vous avez raison, Monsieur, et je vous remercie de me l'avoir rappelé.

Quand il revint auprès du lieutenant, que la mort de Van-Steuben rendait capitaine, le chirurgien Flamel le trouva soucieux.

— Il faut, lui dit Van-Eltrop, que nous soyons emportés par un courant rapide qui a aidé le vent; notre marche, sans ces deux causes, serait inexplicable ; nous avons atteint le seizième degré de latitude sud, et le quatre-vingtième de longitude. La carte ne marque dans cette partie de l'Océan que des îles sans ressources, si ce n'est celle de Saint-Paul, dont nous sommes encore éloignés ; cependant j'ai vu voler une frégate, qui ne s'éloigne guère des terres, malgré la puissance de son vol.

— Vous savez, Van-Eltrop, que nous manquerons bientôt d'eau douce, je l'épargne aux malades, je crains l'invasion de la terrible calenture ; il faut aborder la terre la plus proche.

— La rencontre du fatal navire nous sera funeste, je le crains, Flamel ; oui, je le crains ; j'ai toujours entendu dire qu'il présageait de grands malheurs.

— En vérité, capitaine, pouvez-vous croire à l'existence du vaisseau-fantôme ? demanda Flamel.

— Croire à son existence? lui répondit celui-ci; il le faut bien, je l'ai vu de mes yeux, le vieux Steuben l'a vu, tout l'équipage l'a vu !

— Capitaine, lui dit Flamel avec gravité, je l'aurais vu comme vous que je croirais encore avoir été le jouet d'une hallucination. L'Océan a ses mirages comme les sables des déserts ; c'est un des symptômes de l'invasion de la calenture que ces visions étranges. Il y a peu, ne voyiez-vous pas des prairies, des fontaines et des forêts verdoyantes; n'avez-vous pas vu ensuite une flottille de Malais jeter ses pirates sur notre bord, et ne m'avez-vous pas pris pour un de ces pirates? Hallucinations inexplicables; mais elles existent, surtout dans ces mers embrasées, où le manque d'eau et de fraîcheur nous fait rêver à la verdure, aux ruisseaux, aux abris des forêts. Je soupçonne que, par un effet du réfléchissement de la lumière, ce que vous avez pris pour le navire-fantôme réel n'était que l'image du *Van-Diémen* grossie par un effet d'optique que je ne puis expliquer, mais qui a souvent été remarqué sur l'Océan, dans les déserts, et même quelquefois dans les nuages. Non, Van-Eltrop, il n'existe pas, il ne peut exister de vaisseau-fantôme.

Van-Eltrop allait probablement objecter quelque chose au dire de Flamel, quand, du haut du mât, tombèrent ces mots désirés : « Terre, terre, à babord ! »

Ils s'élancèrent tous les deux sur la dunette, et

découvrirent, aux limites de l'horizon, une longue bande noire qui tranchait sur le scintillement des lames et la sombre limpidité du ciel.

— C'est une terre, Flamel, dit Van-Eltrop en lui donnant la lunette ; elle est hérissée de rochers et m'a paru fort étendue.

Le chirurgien tint longtemps la lunette à l'œil et dit, en la rendant à Van-Eltrop :

— Dieu soit béni ; là où il y a des montagnes, dont les crêtes sont couvertes de neiges, il y a de l'eau douce dans les vallées, et nous en avons grand besoin ; mais quelle est cette terre ?

Le capitaine ne répondit point à cette question, sa lunette restait braquée sur cette île ; enfin il la baissa et dit :

— Vous avez bien vu, Flamel : la blancheur qui brille aux sommets des montagnes ne peut être que celle de la neige. Ces montagnes sont très élevées, puisque, à une pareille latitude, elles gardent les neiges à cette époque de l'année ; mais, en vérité, je ne saurais dire quel nom porte cette terre !

Cette vue avait ranimé l'équipage : il se mit à la manœuvre avec ardeur et exécuta rapidement les ordres du commandant. Le vent soufflait avec violence, mais n'était pas contraire, et le navire bondissait sur les hautes lames comme un vigoureux cheval de course ; il semblait partager l'ardeur de l'équipage et aspirer la terre.

On venait de piquer quatre heures de l'après-midi, quand le navire se trouva à quelques milles d'une côte élevée, hérissée de rochers et bordée de longues traînées d'écume. Toutes les hautes voiles furent carguées, on ne garda que les basses, afin de ne pas être emporté sur les brisants.

Durant plus d'une heure le *Van-Diémen* louvoya en rangeant la côte en-dehors des brisants, mais il ne découvrait ni baie ni échancrures dans cette longue et haute muraille de rochers; enfin elle s'abaissa à l'ouest, et ce fut avec des cris de joie qu'on salua la découverte d'une large baie, dominée d'un côté par les rochers, et de l'autre par des terres basses qui s'étendaient en grève jusqu'à la mer. La vue des arbres acheva de compléter la joie de l'équipage.

On descendit la chaloupe, et quatre matelots furent chargés d'opérer le sondage; tous les yeux le suivirent jusqu'à ce qu'ils fussent entrés dans la baie, où ils disparurent derrière les élévations du terrain.

Ils revinrent en poussant des cris joyeux et agitant des rameaux au-dessus de leurs têtes. Tout semblait s'annoncer favorablement, la baie formait un port d'une eau profonde offrant un bon ancrage; le navire pouvait avancer.

Le soleil venait de disparaître quand l'ancre du *Van-Diémen* tomba sur un bon fond de vase, et assura le navire.

Le débarquement s'opéra avec ordre et promptitude, et ce fut sur les terres basses, couvertes d'arbres, qu'on dressa à la hâte des tentes pour abriter les nombreux malades qui ne respiraient sous le pont qu'un air échauffé et malsain.

Le matelot hollandais n'a certainement pas la prestesse du matelot français ; mais, ce qu'il fait, il le fait méthodiquement, sans relâche et avec un ordre admirable. La nuit n'était pas très avancée quand les malades se trouvèrent, à leur grand soulagement, installés dans des hamacs suspendus aux branches des arbres, et recouverts de toiles pour les préserver du serein de la nuit.

L'eau douce et fraîche, qui coulait dans un ruisseau voisin, fut bue avec délices par ces hommes qui manquaient depuis longtemps même de l'eau croupie dans les tonneaux ; ils la préféraient alors à toutes les boissons fermentées, pour lesquelles cependant les gens de mer ont un goût si prononcé. Le vaisseau-fantôme s'était évanoui de toutes les imaginations comme il s'était évanoui dans les brumes de l'Océan. Les craintes superstitieuses avaient disparu : ils reposaient sur la terre promise, et tout allait leur sourire et tourner au gré de leurs désirs. Laissons-les, ces pauvres matelots, s'endormir bercés par les plus douces illusions, rêver les ombrages, les fruits et les viandes fraîches, car ils avaient, en débarquant, vu des animaux d'assez forte taille se réfugier dans les forêts ; la baie devait être poissonneuse, et le Hollandais est né pêcheur. Ils vont jouir de toutes les productions de la terre, se reposer, se refaire ; puis ils reprendront gaiement la mer et retrouveront bien la riche et populeuse Batavia.

CHAPITRE II.

Récit du chirurgien Flamel. — Les Hollandais à terre. — Nouveau traitement du scorbut. — Départ des deux expéditions pour prendre connaissance de l'île.

Depuis deux jours l'équipage du *Van-Diémen* était à terre et fort occupé; en dérangeant les caisses qui se trouvaient dans la cale, on avait découvert une voie d'eau, et ce qui était encore plus alarmant, c'est que les tarets, ces insectes destructeurs, avaient percé la coque du navire à la hauteur de la ligne de flottaison. Van-Eltrop résolut de faire décharger le navire et de s'assurer de l'état des parties basses; si les tarets les avaient aussi endommagées, il fallait un radoub complet. Cette découverte nous chagrinait, l'époque de la saison pluvieuse approchait, nos vivres se trouvaient fort diminués, et nous ne connaissions pas les ressources que nous offrait cette île; nous la croyions déserte. Tandis que les hommes valides travaillaient au déchargement du navire, je donnais mes soins à nos nombreux malades : le scorbut nous en avait déjà enlevé une dizaine, il y avait encore dix-sept matelots rongés par cette cruelle maladie; l'occupation ne me manquait pas. J'envoyai mes deux serviteurs noirs vers le fond de la baie, avec ordre de m'apporter toutes les plantes qu'ils trouveraient sur les bords des ruisseaux, que je supposais être nombreux à cause de la hauteur des montagnes, et des vallées qui les séparaient. Comme notre séjour sur cette île devait se prolonger, on remplaça les tentes par de bons abris en planches, en ayant soin de placer le quartier des malades à l'écart et dans un lieu bien aéré. Je vais entrer dans quelques détails sur la manière dont je traitai mes malades : ils pourront servir aux gens de mer qui ont si souvent des scorbutiques à bord.

Leurs habits, leurs linges, leurs hamacs furent soigneusement lavés dans l'eau de mer, et bien séchés au soleil. Chaque jour cette opération se répétait, et dès les premiers je remarquai, avec bonheur, que mes malades s'en trouvaient bien : ils recevaient de l'eau douce trois fois le jour, et ne mangeaient que du riz bien cuit, afin de ne pas fatiguer leurs gencives; mais ce qui activa la guérison de plusieurs d'entre eux, ce fut l'usage du jus de cresson; mes noirs avaient été assez heureux pour en trouver sur les bords de plusieurs ruisseaux. Les deux premiers malades qui purent marcher descendirent avec moi et mes deux serviteurs sur la grève, et furent mis au bain dès le matin ; ils y restèrent environ une demi-heure ; j'en observais les effets avec attention, ne sachant si les résultats en seraient aussi heureux que je l'espérais. Mes nègres les frictionnèrent fortement, puis les couvrirent de vêtements lavés la veille. Voici ce que je constatai, tandis qu'ils étaient plongés dans l'eau : d'abord ralentissement du pouls, puis plus de vivacité et de force; au bout de la demi-heure de bain, le pouls était à l'état normal ; j'en augurai bien et je les fis reconduire à ce que je nommais mon hôpital. Quoiqu'ils demandassent avec instance de la nourriture, je ne leur en fis donner qu'à l'heure ordinaire. Ils se trouvèrent si bien du bain pris le matin, que tous les autres malades me supplièrent de les y faire porter ; ce fut une rude journée pour mes deux pauvres noirs, à qui je ne fis délivrer qu'une bouteille de vin, persuadé que je suis que l'usage des liqueurs fortes est toujours malfaisant. La nuit fut bonne pour tous les malades, seulement plusieurs se plaignirent de fortes démangeaisons à la peau, particulièrement sur l'estomac. Je ne m'endormais point ; c'était, au contraire, pour moi, des symptômes de guérison. J'eus le bonheur, au bout de huit jours, de voir tous mes malades debout et dans un état parfait de convalescence. Ils purent rendre de petits services à leurs camarades qui déchargeaient le navire ; on ne saurait se faire une idée de l'immense quantité de tonneaux, de caisses, de ballots que peut contenir la cale d'un navire hollandais; ce qui était, non entassé, mais méthodiquement rangé sur le rivage, donnait la pensée du pillage d'une ville entière.

Quand on put inspecter la cale, on reconnut que le bois était partout troué, et que si le navire avait pu résister jusque-là à la mer, c'est que ses membrures, étant fort épaisses, avaient pu résister plus longtemps que le reste du bois; il faut aussi croire que la doublure en cuivre avait maintenu la coque du navire.

Jossen, le maître charpentier, déclara que le *Van-Diémen* avait fait son temps, qu'il était hors d'état de reprendre la mer. Cette déclaration nous consterna tous; faudrait-il rester dans cette île en attendant l'arrivée d'un navire qui serait égaré sur l'Océan?

Van-Eltrop fit examiner la grande chaloupe : elle était en très bon état, mais elle ne pouvait contenir que vingt hommes, sans autre charge, et d'ailleurs des hommes sensés voudraient-ils confier leur existence aux flots sur une si frêle embarcation? On se réunit en conseil, et chacun fut engagé à émettre son opinion.

Le Hollandais est flegmatique, mais son cerveau sait débrouiller une pensée, l'envisager sous toutes ses faces et en prendre ce qu'elle a de meilleur. Van-Eltrop voulut entendre toutes les opinions avant d'émettre la sienne : il était capitaine de droit, mais dans les cas presque désespérés, comme après le naufrage, la perte du navire semble être celle du droit de commandement. Il résuma tous les dires et proposa de profiter de la chaloupe pour reconnaître les côtes de l'île et son étendue, tandis qu'un autre détachement pénétrerait dans l'intérieur pour en reconnaître les ressources en fruits et en animaux.

Pendant ce temps-là, qui ne devait pas dépasser la huitaine, les hommes qui ne feraient point partie d'une de ces deux expéditions démembreraient le navire pour en tirer les matériaux qui pourraient servir à la construction d'un petit navire, sur lequel, lorsque la mauvaise saison serait passée, on gagnerait une terre habitée et peut-être Batavia même.

Cette proposition résumait toutes les opinions, on l'adopta. Le Hollandais a l'esprit d'ordre et de prévoyance : la charge du navire ne pouvait pas rester étalée sur le rivage; on construisit donc un immense hangar qui fut recouvert de toutes les voiles, et l'on activa l'aménagement sous cet abri. Plusieurs jours furent employés à ces travaux, que tous exécutèrent avec ordre et des fatigues extrêmes.

Van-Eltrop se chargea de la reconnaissance des côtes de l'île, et me pria de prendre six hommes avec moi et de pénétrer dans l'intérieur du pays. Les malades ne réclamaient plus mes soins, j'acceptai volontiers cette mission. Il se trouvait dans l'équipage deux Français que j'affectionnais, on le comprendra : ils étaient les seuls compatriotes que j'eusse à bord du *Van-Diémen*. L'un était Basque de naissance et se nommait Elissary; l'autre, enfan des landes du Bordelais, portait le nom de Casenave; tous deux de petite taille, mais composés de nerfs et de muscles infatigables; hardis, légers et pleins de vivacité. J'obtins du capitaine qu'il me les laissât prendre pour compagnons, quoiqu'il eût bien désiré les avoir avec lui dans la petite chaloupe. Ces deux hommes étaient d'excellents matelots; nous avions des armes, des munitions de guerre, chacun de mes hommes prit un fusil, un sabre et une petite hache. Mes deux noirs et deux autres matelots hollandais complétèrent ma petite troupe. Jossen, le maître charpentier, fut chargé du commandement des hommes occupés à démembrer le navire, et nos deux expéditions se mirent en route le même jour et à la même heure.

— Je vais ranger la côte au sud, me dit Van-Eltrop, tâchez de trouver un passage à travers les montagnes du nord, et dès qu'un de nous sera arrivé à la pointe de l'île, il plantera un drapeau sur le point le plus élevé et attendra l'autre.

— A notre plus prochaine réunion, lui dis-je en lui serrant la main, et que la Providence veille sur nous!

J'éprouvais de sombres pressentiments dont la réflexion ne pouvait me débarrasser l'esprit. La yole nous transporta de l'autre côté du port, que bordaient des rochers presque à pic; mais j'avais découvert une brèche fort large, par laquelle j'espérais pouvoir pénétrer dans les montagnes. Cette brèche se prolongeait à perte de vue, la marche y était fatigante : des blocs de rochers, des cailloux tranchants l'encombraient ; çà et là quelques mousses, des arbrisseaux qui trouvaient une chétive nourriture entre des crevasses absolument desséchées, mais pas une goutte d'eau ; la vallée montait toujours. Nous eûmes beaucoup à souffrir de la soif : ayant espéré que nous trouverions des ruisseaux dans cette chaîne de montagnes, nous n'avions point fait provision d'eau.

Vers le milieu du jour, nous atteignîmes le point le plus élevé de cette vallée pierreuse, et nous reconnûmes avec joie qu'elle continuait du côté opposé, dans le versant du nord, mais avec une pente qui facilitait la marche. Tandis qu'à l'abri d'un rocher nous prenions notre repas, nous aperçûmes plusieurs grands oiseaux qui planaient au-dessus de nous, comme pour observer les hôtes inconnus qui venaient troubler la solitude de leurs retraites. Mon serviteur Malgache, habile tireur s'il en fût, en abattit un qui descendait en décrivant des évolutions perpendiculaires au rocher qui nous abritait. Quoique le plumage ne fût pas de la couleur de celui des aigles ou des vautours, il était presque noir ; cependant je reconnus, au bec recourbé, fort et tranchant, à la longueur des serres, à l'étendue des ailes, qu'il appartenait à la famille de ces grands oiseaux de proie.

Après une heure de repos, nous descendîmes

la vallée; les rochers ne l'obstruaient plus, le sol devenait plus doux et offrait déjà un peu de verdure. Enfin, à notre grande satisfaction, la vallée se courba vers l'ouest et nous aperçûmes des arbres, une véritable verdure, et ce qui nous réjouit encore plus, de petits ruisseaux qui glissaient, comme des filets d'argent, le long des flancs des rochers; au-delà s'étendaient les espaces sans limites de l'Océan. Cette partie de la vallée n'était pas silencieuse; de nombreux oiseaux, aux pluma ges variés, l'animaient de leurs cris, de leurs mouvements et de leurs ébats, qui ne me parurent pas toujours des ébats de plaisir. Dans un pli de la vallée, sous un bouquet d'arbres, une petite nappe d'eau nous offrit une halte si attrayante que nous résolûmes d'y passer la nuit. Mes gens voulaient chasser. « Non, amis, non, ces pauvres oiseaux se montrent si confiants envers nous, qu'il serait cruel de leur apporter la mort; nous avons des provisions de bouche; avant d'ôter la vie aux créatures de Dieu, il faut que la nécessité nous y autorise. » Ce langage ne plaisait pas trop à mes gens, mais ils obéirent, et pour passer le temps, ils cherchèrent à prendre les poissons qui circulaient dans ce joli petit bassin, mais ils ne réussirent point; je n'en fus pas trop contrarié. Ils se rabattirent sur l'oiseau de proie, dont la chair coriace et de mauvais goût convint cependant à mes noirs.

Les hommes qui se trouvent réunis par un intérêt commun dont l'égoïsme ne pourrait profiter, se montrent bienveillants les uns envers les autres : il n'y a plus de distinction sociale, il n'y a que la distinction que donne la valeur individuelle, et c'est à elle qu'ils accordent la prédominance. Mon titre de chirurgien, les services que j'avais rendus à l'équipage, et des connaissances plus étendues que celles des hommes qui m'accompagnaient, me donnaient une autorité incontestée; j'en profitais en toute occasion pour éclairer mes compagnons et leur donner des idées morales qui sont peu connues dans la classe des matelots. Voici ce qui arriva ce premier soir de notre voyage : comme un vent piquant soufflait de la mer et que nous savions que les nuits sont très froides dans ces contrées, nous avions allumé un grand feu, et élevé un abri en rameaux afin de nous préserver de ce vent et de nous reposer le plus commodément possible.

Peu à peu il se fit un bruissement d'ailes, puis de remuement dans les branches des arbres voisins; en y portant les yeux je découvris une foule d'oiseaux que la lueur de notre flamme avait éveillés sous leurs abris de feuillage; ils avançaient la tête vers notre foyer, et leurs yeux brillaient comme des pierres précieuses.

— Maître, me dit Zimbello, mon noir malgache, le beau coup, oh ! le beau coup ! demain nous aurions tous des oiseaux à déjeuner !

Tous les yeux se tournèrent vers moi : il était

évident que mes compagnons n'auraient pas été fâchés d'avoir un déjeuner de petits oiseaux rôtis.

— Tu trouves ces oiseaux bien appétissants, Zimbello?

— Oh! oui, maître; ils doivent être bien gras!

— Les crois-tu heureux dans ces bocages, Zimbello?

— Certainement, maître; ils n'ont qu'à s'amuser, ils trouvent de la pâture partout, et ils sont libres!

— Pourquoi veux-tu les tuer, puisqu'ils sont heureux; c'est Dieu qui leur a départi ce bonheur, nous a-t-il permis de l'interrompre?

— Mais, Monsieur, m'objecta le Basque, Dieu a bien donné à l'homme tout pouvoir sur les animaux?

— Oui, mon ami, mais il lui défend d'en abuser et de détruire des existences heureuses pour satisfaire l'estomac; nous avons encore des vivres, mon ami, laissons ces pauvres petits êtres jouir de la vie que Dieu leur a donnée!

Je n'oserais pas affirmer que mes observations furent plus goûtées que la proposition du malgache, mais Zimbello ne parla plus de petits oiseaux pour notre déjeuner, et le Basque déposa son fusil à côté de lui; je compris mon influence morale, et je m'en réjouis. Peu à peu le bruit s'éteignit, nos yeux fatigués se fermèrent, et nous tombâmes dans ce sommeil profond qui répare les fatigues du corps : chose étrange ! je m'éveillai plusieurs fois en proie à une inquiétude vague, sans objet, mais si poignante, que je préférais me tenir debout et marcher, à me laisser encore aller au sommeil. Je m'enveloppai de ma couverture, le froid était vif, et je m'avançai vers une éminence d'où l'on découvrait l'Océan. La lune, à son dernier quartier, laissait tomber une faible lueur à travers la limpidité du ciel, mais elle suffisait pour blanchir les longues et lourdes lames que roulait l'Océan. Il me semblait voir des files de cavales d'un blanc pâle s'avancer de front, puis tout-à-coup disparaître et remplacées par d'autres files ; elles s'arrondissaient parfois, se brisaient, et toujours de nouvelles lames leur succédaient ; un murmure puissant, quoique sourd, traversait les airs par bouffées et donnait une idée de puissance qui attérait la raison. La voûte du ciel, sombre comme elle se présente dans les contrées intertropicales, était si pure de toute vapeur que les étoiles paraissaient à des profondeurs plus grandes que dans le ciel de l'Europe. Cet abime sans fond m'épouvantait, je n'avais jamais si bien compris mon néant ; je n'osais pas élancer ma pensée, j'étais véritablement attéré Cependant bien des fois j'avais eu ce grand et solennel spectacle sous les yeux, mais jamais je n'avais été tellement frappé du terrifiant silence de l'abime de l'infini. Ce qui le rendait encore plus impressionnant, c'est que les cieux offraient bien moins de points lumineux que dans les parties boréales : les étoiles brillaient distantes les unes des autres comme des mondes séparés par d'immenses Océans. La croix du sud arrêta longtemps mes regards par son éclat supérieur à celui des autres étoiles. J'étais tellement absorbé dans ma rêverie que je n'entendis pas d'abord les cris d'appel de mes compagnons. Un d'eux s'était éveillé, saisi par le froid, il avait jeté des branches sur le foyer presque éteint ; ne me voyant plus au milieu d'eux, il avait éveillé ses camarades, et tous avaient poussé des cris d'appel.

Mon retour calma leurs inquiétudes, et bientôt le sommeil reprit ses droits; mais il me fut impossible de me rendormir.

Du ciel mon esprit était retombé sur la terre ; je sentis la misère de l'existence, et notre situation, dans une contrée qui me paraissait déserte, inconnue aux navigateurs, sans espoir prochain de retourner chez les nations civilisées, dans mon pays natal, m'attrista profondément. Il y avait en moi quelque chose qui neutralisait l'espérance; je me laissai aller à la tristesse et je pus dire aussi : Mon âme est triste jusqu'à la mort. Mes deux compatriotes se trouvaient étendus à mes côtés ; à la lueur de la flamme je voyais les muscles de leur visage se contracter, comme dans les fortes émotions du cœur. Ils rêvaient, peut-être l'un à ses montagnes natales, et l'autre aux forêts de pins, aux landes sablonneuses qu'il avait parcourues dans son enfance, monté sur de hautes échasses. De l'autre côté du foyer, le malgache se remuait, étendait la main à côté de son gigantesque camarade l'enfant de la Guinée ; j'interprétais ses mouvements en lui donnant pour cause la déception qu'il avait éprouvée avant de s'endormir.

Zimbello avait un estomac d'autruche; il rêvait aux petits oiseaux et au beau coup que j'avais empêché. Les deux matelots hollandais étaient plongés dans un sommeil sans agitation, mais leurs poumons envoyaient à leur gosier des ronflements sonores qui prouvaient la vigueur de leur constitution. Ces observations me causèrent une distraction favorable ; quand le grand disque du soleil apparut resplendissant, et versant des flots de lumière sur l'Océan, je me trouvai plus calme, plus disposé à l'espoir, et par conséquent plus fort. L'âme domine le corps dans ses parties les plus vitales.

Le repas du matin fut court ; nos gourdes, remplies d'une eau fraîche, furent suspendues à nos cous, et nous hâtâmes le pas ; il fallait profiter de la fraîcheur du matin.

La pente de la vallée nous eût conduits sur le rivage, et ce rivage était hérissé d'âpres rochers ; je cherchai sur la droite un accès vers les montagnes dont les chaînes s'élevaient comme un amphi théâtre vers l'orient. Il fallut marcher vers le nord, fixé pour notre point de réunion avec Van-Eltrop.

Les obstacles du jour précédent se présentèrent plus nombreux encore ; les montagnes dressaient de tous côtés des pics, entre lesquels couraient de profondes dépressions de terrain qu'il fallait suivre, en faisant de nombreux circuits. Nous avancions peu, en marchant beaucoup, car nous voyions toujours les mêmes pics, tantôt en avant, tantôt à gauche, tantôt à droite. Plus nous nous élevions, plus le sol devenait aride, et les derniers vestiges de la végétation disparaissaient quand nous avions encore de grandes hauteurs à escalader. Une halte devint nécessaire à nos deux Hollandais; nous l'établîmes, comme la veille, sous un avancement de rochers; la chaleur était intense, malgré l'élévation où nous étions arrivés.

Nos gourdes nous furent d'un grand secours, l'eau manquait sur ces hauteurs.

Je résolus de changer la direction de notre marche, et de ne pas continuer à nous enfoncer dans ce labyrinthe de pics, de crevasses et de vallées arides. En nous rapprochant de la côte, nous devions retrouver de l'eau, de la végétation et des oiseaux, qui égayaient toujours cette nature désolée. Il faut aussi l'avouer, malgré mon aversion à détruire les oiseaux, je sentais que bientôt la nécessité nous forcerait de renouveler, là où je le pourrais, nos provisions, déjà bien diminuées.

Il faut avoir parcouru des contrées désertes et désolées pour se faire une idée de la tristesse qui envahit le cœur. On a besoin de silence et de recueillement, les pensées semblent craindre de se produire dans la solitude ; le regard erre à l'aventure sans éveiller les idées; les sens refusent toute relation avec une nature inerte et morne. Nous allions à la file les uns des autres, sans nous parler; le Basque avait commencé à chanter une chanson de son pays, il s'arrêta au premier vers. L'existence n'est réellement une existence que là où elle est entourée de mouvement, de vie active; elle n'entre point en relation avec le silence de la mort.

La vue d'un sommet d'arbre nous fit pousser un soupir de satisfaction : nous allions retrouver la verdure, les oiseaux et l'eau du ruisseau.

Quel ne fut pas notre désappointement en reconnaissant que la marche fatigante de la journée nous avait ramenés au lieu d'où nous étions partis le matin, à la vallée du joli petit bassin qui nous avait tant réjouis la veille! Nous nous regardâmes en silence, puis le Basque et son compagnon le Landais éclatèrent de rire.

— Nous irons loin, si cela continue, dit le Basque; mais, quoi qu'il en soit, je suis enchanté d'être revenu ici; si Zimbello a le goût porté pour les petits oiseaux, le mien me pousse à la grillade de poissons, car nous ne pouvons pas ici les faire frire. A l'œuvre donc, Casenave, nous serons plus heureux ce soir que la veille!

La journée n'était pas encore finie, nous nous mimes tous de la partie; les poissons que nous voyions circuler dans l'eau claire du bassin étaient vraiment appétissants.

Elissary eut bientôt fait un filet avec les toiles de nos hamacs, et pour mettre les poissons en défaut de surveillance, il fit troubler les eaux limpides du bassin ; c'était pêcher en eau trouble : il réussit. Nous eûmes de quoi souper abondamment, et nous oubliâmes notre désappointement dans la jouissance de cette bonne chère.

Durant près de deux jours nous fîmes des tentatives infructueuses pour franchir cette muraille de rochers, vers la partie basse de la vallée ; ce ne fut que le soir du second qu'Elissary trouva le moyen de grimper jusqu'à une rampe qui paraissait inabordable, d'où il s'éleva vers les crêtes. Ses signes de bras nous avertirent qu'il avait découvert une voie praticable.

Je voulus attendre le jour avant de tenter cette ascension, mais le Basque ne redescendit point ; il avait trouvé une retraite probablement, et préférait y passer la nuit. De notre côté, nous en employâmes une partie à dépouiller des arbres de leur écorce, dont nous fîmes des cordes grossières mais solides.

Enfin, le jour parut, et nous nous mîmes à l'œuvre ; mon noir malgache put se hisser sur la rampe, d'où il nous jeta un des bouts de la corde ; en bon chef, je ne voulus me hisser que le dernier, la lourdeur des deux Hollandais m'inquiétait bien un peu. Lorsque Amaou, le nègre congo, fut installé auprès du malgache, ils hissèrent l'un après l'autre les deux Hollandais. Casenave fit ensuite son ascension, et je me préparais à le suivre quand la corde remonta le long du rocher.

Un mauvais soupçon me traversa un instant l'esprit : je crus que mes compagnons voulaient m'abandonner dans la vallée, mais ce n'était qu'une preuve d'attachement qu'ils me donnaient. Casenave avait remarqué que la corde n'offrait pas toute la solidité désirable, depuis qu'elle avait soulevé les Hollandais, et ils s'occupaient à la consolider, tandis que je les soupçonnais. Enfin me voici sur la rampe, trois des nôtres ont déjà atteint une brèche où Elissary les attendait; nous arrivâmes bientôt auprès d'eux. L'absence du Basque nous fut expliquée : le versant nord des rochers, sans descendre en pente douce, offrait cependant une voie facile pour descendre dans une plaine couverte d'arbres de la plus luxuriante verdure; la partie voisine de la mer étalait les cimes de nombreux cocotiers. Le Basque y était descendu, et il revenait vers nous en apportant six noix de coco qui nous firent encore plus de bien que de plaisir.

— Voyez, par-delà ces masses de forêts, vers le nord-est, me dit-il, ne croyez-vous pas que ces taches noires sur l'Océan sont des îles? Pour moi, je le jurerais, ces trois taches n'ont pas changé de position depuis hier au soir que je les découvris; ce sont certainement des terres. Mais j'ai fait une autre découverte plus voisine de nous; regardez au nord-ouest, vers ce point où cessent les forêts et où doit se trouver une grève, eh bien ! j'ai vu briller plusieurs feux. L'île a donc des habitants, car si nos camarades avaient atteint cette grève, ils n'y auraient allumé qu'un seul feu ! Qu'en pensez-vous, monsieur Flamel ?

— Je pense, mon ami, que vos observations sont fondées; mais quels sont les habitants de cette île que nous croyions déserte? cela m'inspire des inquiétudes au sujet du capitaine et de ses compagnons. Les habitants des îles de la Polynésie passent pour être anthropophages, c'est du moins ce qu'on nous a assuré quand nous étions dans le golfe de Carpentasie ; s'ils ont surpris nos malheureux amis, ils les auront massacrés ; ils auront abordé sans défiance, nos amis!

Je me rappelai alors les tristes pressentiments qui m'assiégeaient depuis ma séparation sur le rivage, lors du départ de la petite chaloupe. Il fallait adopter un plan de marche autre que celui que nous venions de suivre dans la persuasion où nous étions que l'île se trouvait sans habitants.

— Mes amis, leur dis-je, un danger imprévu nous est révélé : nous devons connaître son étendue et découvrir ce que sont devenus nos compagnons et le capitaine. Voici ce que je propose de faire ; si quelqu'un de nous a un meilleur conseil à donner, nous le suivrons. Il convient de rester ici et d'y passer la nuit ; de ce lieu nous découvrons toute la partie basse de l'île; la nuit, les habitants ne manqueront pas d'allumer des feux, et nous pourrons par leur nombre apprécier celui des habitants.

Mon avis fut adopté, je m'y attendais ; mais le Basque proposa de descendre sur la côte avec mes deux noirs et Casenave, afin d'y faire une provision de cocos, ce qui fut aussi adopté.

Tandis qu'ils se rendaient vers la grève, je m'établis sur le point le plus élevé, interrogeant sans cesse du regard la pointe de l'île que m'avait indiquée Elissary. Il n'y avait pas une heure que j'étais en observation quand je vis plusieurs colonnes de fumée monter vers le ciel; elles partaient des lieux désignés par le Basque ; un peu plus tard, en portant mes regards vers le levant, je distinguai d'autres colonnes de fumée, mais à une grande distance des premières ; enfin le nombre devint considérable. Si nos malheureux amis ont abordé sur ce point de l'île, me dis-je, et si les habitants sont inhospitaliers, c'en est fait d'eux, car cette partie de l'île est très peuplée.

Il est certain que si le devoir et l'affection ne m'avaient pas commandé de tout mettre en usage pour savoir ce que nos amis étaient devenus, j'aurais fait rebrousser chemin à mes gens et me serais joint avec eux aux travailleurs qui devaient s'occuper de la construction d'un petit navire ; mais je ne devais songer qu'à connaître leur sort. Que de projets me traversèrent l'esprit ! mais je les trouvais tous dangereux ou impraticables ; la perte d'un seul de mes gens serait une perte irréparable, et nous attirerait sur les bras tout une population sauvage et sanguinaire.

Il n'y a pas de situation d'esprit plus écrasante que celle d'un homme qui cherche à éviter un danger qu'il ne connaît pas, et dont l'imagination lui exagère toujours l'étendue. Ces inquiétudes m'accablaient quand nos quatre hommes revinrent avec une bonne provision de cocos et d'autres fruits que produisait cette partie de l'île.

CHAPITRE III.

La chaloupe. — Ruse du Landais Casenave. — Prisonniers délivrés. — Récit de Van-Eltrop. — Retour au port. — On apprend le départ de Jossen. — Le maître charpentier. — Van-Eltrop monomane. — La barque. — Elissary et Casenave construisent un navire insubmersible. — Influence religieuse sur l'esprit de Van-Eltrop.

Nous sommes descendus dans cette partie de l'île qui, du haut de la montagne, nous apparaissait comme une plaine, et qui, en réalité, n'était qu'une terre basse, fortement accidentée et couverte d'arbres. Des dunes bordaient la côte, c'est entre ces dunes et les parties les plus boisées que s'élevaient les hauts palmiers qui produisent le fruit de coco. Le sol était léger, sablonneux, et n'était protégé des invasions de la mer que par les sables dont les dunes se trouvaient formées.

Elissary et Casenave se trouvaient en avant, recueillant les noix de coco tombées sous les arbres. Soudain Elissary pousse un cri d'étonnement et accourt vers moi en agitant à la main un petit objet noir que je reconnus être une blague qui appartenait à un de mes anciens malades que le capitaine avait amené avec lui ; elle contenait un peu de tabac, un briquet, une pierre à fusil et de l'amadou.

— Les autres sont venus ici, monsieur Flamel, je reconnais parfaitement cette blague ; de plus, nous avons trouvé un monceau de coquilles de noix, et le sable conserve encore la trace de leurs pas.

Effectivement, au bas d'une petite échancrure des dunes, le sable était parsemé de coquilles de noix de cocos, et battu comme l'est un sentier. On grimpa au sommet de la dune; mais, ni le long de la côte ni à distance en mer, on ne découvrit la chaloupe. Nous fûmes tous persuadés qu'elle n'avait pas rebroussé chemin et qu'elle avait rangé la côte en se dirigeant vers le nord. C'est ce qui nous inspirait des inquiétudes, car c'était la partie de l'île où nous avions découvert de la fumée.

L'élévation des sables se prolongeait le long de la côte, mais en-dedans du pays s'étendait une plaine sablonneuse qui paraissait se terminer à la pointe de l'île; elle nous sembla longue de plus de six milles.

— Voilà mon pays, s'écria Casenave ; mettez-y des pins, et je me croirai dans les Landes. Il me vient une idée, monsieur Flamel : je veux savoir si je sais encore marcher avec des échasses ; voilà de jeunes scions d'arbres, une paire d'échasses sera bientôt faite, et alors je me lancerai joyeusement dans cette plaine. Vous aurez bientôt des nouvelles de ce qui se trouve ou se passe au bout.

Quoique né en France, je n'avais jamais vu des hommes montés sur des échasses ; mes compagnons, sauf Elissary, n'en avaient pas plus vu que moi ; le projet de Casenave fut donc approuvé et aussitôt mis à exécution. Le bois fut abattu, travaillé en peu de temps ; un sac de cuir qui contenait quelques restes de provisions, taillé en lanières, servit de support aux pieds; enfin le long bâton fut aussi travaillé, poli, et armé d'une baïonnette. Véritablement nous ressemblions à une troupe d'écoliers qui attendent une épreuve amusante. Nous aidâmes le Landais à mettre les pieds dans les étriers, à l'élever perpendiculairement : nous tremblions cependant en le voyant élevé à près de cinq pieds au-dessus du sol, et soutenu en équilibre sur d'aussi minces appuis.

Un instant il resta immobile, soutenu sur ses trois appuis.

— Il ne pourra pas marcher, dit un Hollandais.

Casenave lui donna un démenti en action et se mit à faire des enjambées de dix pieds autour de nous, à prendre toutes les allures et même à exécuter des pas de danse.

En retraçant ce souvenir, je ne puis me défendre de sourire de notre air d'ébahissement; mais la figure de mes noirs n'exprimait pas l'ébahissement, elle peignait une admiration si naïve, si vraie, si profonde, que je suis persuadé qu'ils prirent le Landais pour un être qui n'appartenait pas à l'espèce humaine.

Pendant ce temps-là Casenave allumait sa pipe, la prenait gravement entre les dents et nous jetait, du haut de son perchoir, à travers une bouffée de fumée, ces mots :

— Avant deux heures je serai de retour et j'aurai fait connaissance avec le pays; si nos camarades sont encore en vie, je le saurai.

Et tournant sur la gauche, il s'élança dans la plaine, marchant avec autant de rapidité qu'une autruche, à laquelle il ressembla bientôt, car il diminuait de grosseur à vue d'œil, et nous ne distinguions plus les bois de ses échasses. Nos regards le suivirent jusqu'à ce qu'il ne parût plus que comme un point inappréciable sur le sable de la plaine.

Revenu de mon étonnement, je commençai à comprendre que le Landais pourrait courir des dangers et que nous serions bien loin de lui.

— En route, mes amis, m'écriai-je, en route! il nous faudra plus de temps pour franchir cette plaine, où le pied enfonce dans le sable, qu'à notre éclaireur. Il peut lui arriver des accidents.

— Soyez sans crainte pour lui, me dit Elissary, Casenave est un habile échassier; il m'a raconté qu'avant de se faire matelot, il avait parcouru la France en dansant sur ses bâtons ; il n'a de danger à courir que du côté de la balle, et je ne crois pas que les paroissiens de ces contrées aient encore adopté l'usage du fusil.

Nous allions, mais lentement, péniblement, et n'avancions guère. J'admirai l'industrie des habitants d'un pays semblable à cette plaine; ils avaient trouvé le moyen de surpasser le galop du cheval, qui ne pourrait d'ailleurs pas galoper dans ces sables mouvants. Mes deux noirs tâchaient de cheminer de front, mais le poids du Congo enfonçait ses pieds dans le sable jusqu'à mi-jambe, tandis que le Malgache, plus léger, le dépassait toujours et s'impatientait de ne pouvoir lui témoigner son admiration pour un homme qui semblait glisser comme une autruche, là où eux s'ensablaient à chaque pas.

J'ai fait usage de mes jambes dans beaucoup de contrées, j'ai eu à traverser des sols marécageux, à gravir des montagnes, à percer des forêts encombrées de lianes, aux filets si résistants ; eh bien ! je conviens que ces marches étaient moins pénibles que celle que je faisais tous mes efforts pour soutenir dans cette maudite plaine de sable.

Le sol roule sous votre pied ; celui-ci s'enfonce, se noie dans le sable qu'il doit soulever pour s'y enfoncer encore, sans trouver un point d'appui solide. Des parcelles de sable pénètrent dans votre chaussure, meurtrissent le pied, le rendent douloureux ; la fatigue, la souffrance vous écrasent.

— Heureux Casenave, me disais-je en essuyant la sueur de mon front et gémissant des douleurs de mes pieds ; heureux Casenave, tu n'as pas éprouvé toutes ces souffrances !

Nous marchions depuis plus d'une heure et cependant nous n'avions pas avancé de plus d'un mille ; la chaleur nous écrasait, nos yeux mesuraient avec anxiété l'espace qui nous restait encore à parcourir quand le Landais apparut à l'horizon. Nous fîmes halte, il eût été inutile d'aller plus loin, si les nouvelles qu'il nous apportait ne l'exigeaient pas.

Ces nouvelles étaient tristes ; la barque se trouvait attachée au rivage, mais nos compagnons n'étaient pas dedans. Des sauvages couraient du rivage dans un bois voisin, plusieurs lui avaient paru chargés des objets enlevés de la barque.

— J'ai évité de me montrer, ajouta Casenave, c'est à monsieur Flamel d'aviser à ce que nous avons à faire.

— Sauver nos compagnons, s'ils sont encore en vie, lui dis-je ; rendons-nous vers ces hauteurs, à droite, je pense que le sable y sera moins mouvant.

Dès que nous eûmes atteint des terres élevées, nous nous étendîmes sur le sol : la tristesse était peinte sur tous nos visages, et nous gardions le silence ; que pouvaient faire sept hommes contre une population qui avait pu s'emparer d'une chaloupe montée par dix hommes bien armés !

Je me livrais à mes réflexions, cherchant un moyen praticable pour aller au secours de nos amis, car quelque féroces que fussent ces insulaires, je ne supposais pas qu'ils les eussent tous massacrés.

Elissary et Casenave causaient à voix basse, et paraissaient discuter entre eux. Ils vinrent à moi et me dirent :

— Nous vous proposons un plan, Casenave espère qu'il réussira ; si nos compagnons ont tous été massacrés, nous reprendrons toujours notre chaloupe.

— Exposez-le, leur dis-je, je suis disposé à tout tenter, mais je ne veux pas fournir de nouvelles victimes à ces farouches sauvages.

Alors Casenave traça sur le sable un plan des lieux ; voici une petite anse, dans laquelle se jette un ruisseau, c'est dans cette anse que la chaloupe est amarrée, suivez cette ligne courbe, elle vous conduira à l'entrée d'un bois où je crois que les sauvages ont leurs cabanes, s'ils en ont toutefois. Ce bois ne s'étend pas loin; si nos camarades sont prisonniers, c'est dans ce bois qu'il faut les aller chercher. Retirons-nous derrière ces buissons, attendons-y la nuit ; alors nous suivrons cette bande de terre où le sol est résistant, et nous atteindrons l'extrémité de la plaine, puis la côte où est la chaloupe. Si des sauvages se trouvent dedans, nous tâcherons de les saisir, ils nous serviront d'otages pour les échanger entre les nôtres; car j'aime à croire qu'ils vivent encore. Si la chaloupe est vide, nous la mettrons en position de reprendre la mer, et un seul de nous restera à sa garde, tandis que nous ferons une attaque dans le village, s'il y a un village, ce que nous pourrons savoir quand les sauvages allumeront les feux du soir; si notre entreprise réussit nous ferons retraite vers la chaloupe. Que pensez-vous de ce plan, monsieur Flamel?

— Je l'approuve tout entier, mon ami, mais donnez-moi une idée de ces insulaires; sont-ils armés et de grande taille?

— Je ne saurais trop vous dire quelles sont les armes, je les voyais de loin; ils m'ont semblé de petite taille mais fort agiles; ils sont absolument nus, sauf un chiffon qui leur entoure les reins, ce que j'ai pu remarquer puisque leur peau est aussi noire que celle de vos serviteurs, et qu'ils avaient une bande blanche autour des reins.

Nous attendîmes la nuit avec impatience, le sort de nos compagnons nous inquiétait; dès qu'elle fut venue nous nous mîmes en marche et rejoignîmes Casenave, qui avait pris le devant. La chaloupe n'était point gardée; j'entrai dedans, on en avait enlevé jusqu'aux rames, mais on les trouva à quelque distance sur le bord du ruisseau. Un Hollandais fut chargé de la garder, avec ordre de la tenir un peu loin de la rive et d'être prêt à la rapprocher quand nous reviendrions, peut-être en battant en retraite.

— Mes amis, dis-je à mes gens, notre tentative peut avoir des résultats heureux ou malheureux, cela va dépendre de votre sang-froid. Ne tirez qu'à la dernière extrémité, et ne vous écartez point les uns des autres ; inspectez l'état de vos armes et prions Dieu qu'il nous rende nos compagnons. Mais que faites-vous, Casenave, vous ne pourrez ni combattre ni vous défendre du haut de vos échasses ?

— C'est ce que vous allez voir, me répondit-il ; ne vous inquiétez point de moi, j'ai encore un autre plan en tête. Vous ferez bien de ne pas me suivre, mais de vous diriger de l'autre côté du bois; dès que j'aurai attiré cette vermine à mes trousses, tenez des couteaux prêts à couper des liens et Dieu vous garde aussi sûrement que mes jambes de bois vont me préserver des indigènes. Suivez Elissary, il s'entend avec moi.

Tandis qu'il marchait à grandes enjambées dans le sentier qui conduisait au village, Elissary nous guida vers la droite, et nous pénétrâmes dans le bois. A travers les arbres brillaient plusieurs feux, fort rapprochés les uns des autres ; je jugeai que nous étions proches d'un village. Le Malgache et Elissary se mirent à ramper en avant, nous les suivions en évitant d'agiter les rameaux pendants; entre une clarté et moi, je vis un corps se dresser : c'était celui d'Elissary, il touchait presque à la cabane d'où se projetaient des filets de lumière. Le Hollandais était auprès de moi, et deux de mes gens un peu sur la gauche. Je ne voyais plus de lumière, Elissary avait l'œil fixé à la fente de la cabane et regardait dedans. Il se baissa et revint vers moi ; il me dit à voix basse :

— Le capitaine est dans cette cabane, j'ai vu son visage quoiqu'il soit couché et garrotté ; dans l'enfoncement je crois qu'il y a aussi plusieurs des nôtres, je n'oserais l'assurer ; deux sauvages, armés de sabres de nos gens, sont assis devant la flamme ; j'en ai aussi aperçu à l'ouverture de la cabane, mais je n'en sais pas le nombre, tenons-nous prêts.

Presque au même instant un sifflement aigu, semblable à celui que font souvent entendre les matelots, parvient à nos oreilles.

— Approchons-nous, me dit Elissary en se penchant à mon oreille.

Mon regard pénétra dans la cabane : Van-Eltrop s'était soulevé sur le coude, les deux sauvages se trouvaient debout. Un second sifflement retentit et fut suivi de grands cris vers l'autre côté du village. Les deux sauvages se lancèrent à l'entrée de la cabane. Bientôt les cris furent changés en hurlements affreux qui s'élevèrent de tous côtés ; Elissary et le Malgache venaient d'arracher un pieu et de faire une trouée dans la muraille.

— Tournez la cabane, me dit le Basque, et attaquez ceux que vous rencontrerez à la porte.

Le Congo se lança le premier, et empoignant un des gardes par la nuque il le souleva et le lança sur les autres. Tout-à-coup la flamme disparut, un coup de fusil retentit; c'était le Hollandais qui tirait sur un groupe de sauvages qui s'étaient levés au pied d'un arbre. Nous fîmes aussi feu et nous entendîmes les gardiens s'enfuir en poussant des hurlements. J'entrai dans la cabane; Elissary venait de couper les liens du capitaine, le Malgache délivrait quatre autres prisonniers dans un coin obscur de la cabane.

— Où sont vos autres hommes? demandai-je au capitaine.

— Deux ont été tués dans le combat et dévorés par ces cannibales, je ne sais ce que sont devenus les trois autres.

— Pouvez-vous marcher, Van-Eltrop? prenez ce sabre, sortez du bois et rendez-vous à la chaloupe, un matelot la garde.

— Hélas! me répondit-il, mes jambes sont tellement engourdies que je ne pourrais faire un pas; mais dussé-je me traîner sur le ventre, que je le ferais. Ah! Flamel, si vous aviez vu ce que j'ai vu!...

Les autres se trouvaient dans un état pire que celui du capitaine, deux étaient blessés. Mon nègre congo chargea le capitaine sur son épaule, en prit un autre sous le bras, nous nous employâmes tous pour les transporter hors du bois. Mais le danger nous entourait, tous les habitants du village fuyaient à travers le bois, plusieurs se jetèrent sur notre petite troupe, puis se mirent à fuir dans une autre direction; il fallait que leur terreur fût bien grande pour qu'ils ne nous attaquassent pas. On n'entendait plus que des hurlements éloignés; je commençais à respirer, lorsqu'en jetant les yeux sur notre troupe, je m'aperçus que le Basque n'y était pas.

— Tâchez de vous éloigner, dis-je, il faut que je retourne en arrière, Elissary est peut-être blessé.

Au même instant j'entendis du bruit dans les broussailles, derrière moi, et je vis le Basque qui traînait deux autres de nos gens.

— Allez vers la cabane, me dit-il, il y a encore un homme que je n'ai pu amener.

Dès que j'y fus rendu, je trouvai, se traînant à terre, le matelot laissé par Elissary; je le relevai et voulus le charger sur mon épaule, mais la force me manquait.

— Au nom du ciel, mon ami, faites tous vos efforts pour marcher.

— Coupez les liens, me répondit-il, ceux qui entravent mes pieds ne l'ont pas été.

Enfin, à l'aide de mon bras, il put marcher. Je craignais de me tromper de route, car, après avoir presque atteint la lisière du bois, je ne vis point mes compagnons; cependant je pressais notre marche, persuadé que le rivage était devant nous. Le cœur me battait à me rompre la poitrine, et la sueur inondait mon front; j'avais perdu tout mon sang-froid, je ne me reconnaissais plus; à cet instant une grande ombre apparut dans la plaine, je me crus perdu; je poussai un grand cri et tombai à terre à côté du matelot que mon bras venait de lâcher. Une de ces étranges hallucinations que la fatigue et la privation du sommeil font quelquefois éprouver s'était emparée de mon esprit, de mes yeux et de mes oreilles. Des sauvages dansaient devant moi, grimaçaient d'une manière horrible; mes oreilles étaient déchirées de leurs hurlements, je ne me souviens plus de ce qui arriva ensuite, et quand je sortis de cet étrange état, je me trouvai dans la chaloupe.

Van-Eltrop me donnait des soins, me frictionnait les tempes avec de l'eau-de-vie.

— Hélas! me dit-il, j'ai cru que vous étiez mort, cependant vous n'êtes point blessé!

— Je ne sais ce que j'ai éprouvé; si nous étions en mer, je croirais que c'est une attaque de calenture!

— Fort heureusement vous et le matelot avez crié, mon cher Flamel, sans cela Casenave eût passé sans vous découvrir.

— Ainsi, dis-je, je n'ai pas été halluciné quand j'ai vu une grande figure devant moi?

— Non certes, me dit Casenave, je courais autour du bois pour achever d'épouvanter ces imbéciles d'indigènes; ils m'ont pris pour le diable ou pour quelque chose de cette espèce, car les premiers qui m'ont aperçu se sont enfuis en hurlant : je m'attendais bien à produire de l'effet sur ces brutes, mais pas à un triomphe si complet. Vous le voyez, nous avons pu vous emporter tous sans rencontrer un seul sauvage.

L'espèce d'hallucination qui s'était emparée de moi ne laisse, après son accès, qu'une grande fatigue dans tous les membres, une douleur lente à l'estomac, et la tête lourde; mais le sommeil répare tout promptement ; je venais de dormir, je pus donc me lever debout et me promener sur le rivage, tandis que mes gens, bien persuadés que les sauvages ne reviendraient point, s'étaient rendus au village pour y chercher des provisions de bouche et ce que les indigènes leur avaient enlevé.

Voici ce qui était arrivé à Van-Eltrop et à ses hommes :

Après avoir rangé la plus grande partie de la côte, la chaloupe avait heurté un écueil, une voie d'eau s'était déclarée. Trouvant une petite anse, Van-Eltrop y était entré pour boucher plus facilement cette voie d'eau. La côte paraissait déserte, soit que les naturels fussent alors dans une autre partie de l'île, soit qu'ils se fussent cachés à la vue de la chaloupe et des hommes qui la montaient.

En fouillant dans le sable, un matelot y avait trouvé des œufs de tortue ; c'était une trop appétissante aubaine pour que les autres ne se missent pas en quête d'œufs : ils en trouvèrent une abondante provision et se régalèrent sur le rivage, sans prendre la moindre précaution pour leur sécurité. Van-Eltrop, qui savait que les tortues sortent la nuit de la mer pour venir enfouir leurs œufs dans le sable du rivage, résolut d'attendre la nuit pour en surprendre quelques-unes et renouveler ses provisions fraîches ; leur chasse fut heureuse, ils tournèrent trois tortues et les amenèrent sur le bord du petit ruisseau qui se décharge dans l'anse, afin de les préparer pour les emporter : cette opération terminée, ils voulurent se rendre au petit bois où se trouvait le village des sauvages, espérant en rapporter des fruits. De hauts et magnifiques cocotiers s'élevaient à quelque distance du bois ; les matelots s'y rendirent ; Van-Eltrop et un seul homme étaient restés auprès de la chaloupe, en attendant leur retour.

Grimper sur un arbre est une bagatelle pour un matelot. Les plus beaux cocotiers furent escaladés par nos gens, et tandis qu'ils en abattaient les plus gros fruits, une troupe nombreuse de sauvages sortit du bois en poussant des hurlements : les cocotiers furent entourés, et les pauvres matelots attaqués à coups de pierre, car ces sauvages ne se servent point de flèches. Ils avaient laissé leurs armes au pied des arbres, mais les sauvages, ne sachant pas s'en servir, ne purent que les prendre et les examiner ; un d'eux fit partir un fusil. L'explosion, la traînée de flamme épouvanta un instant les naturels, un matelot en profita pour se laisser glisser à terre, saisir un fusil et tuer un naturel; malheureusement que les autres matelots mirent trop de temps à descendre, car devenus furieux par la mort d'un des leurs, les sauvages revinrent et se jetèrent sur les matelots, à mesure qu'ils touchaient la terre. Il y eut cependant une résistance désespérée, mais le nombre des assaillants augmentait : deux matelots tombèrent blessés par des pieux aigus et furent aussitôt assommés. Van-Eltrop et son compagnon, accourant au bruit des coups de fusil, furent entourés, accablés et ensuite garrottés avec les six autres déjà renversés.

Ils auraient tous été massacrés sans l'intervention d'un vieux chef; avec son bâton il écarta les naturels, puis se mit à passer la main sur le corps des prisonniers. Il enleva, pièce à pièce, les vêtements d'un matelot, et lorsqu'il l'eut réduit à une complète nudité, il palpa la chair en homme qui sait apprécier la bonté du morceau; ses yeux brillèrent d'une joie féroce et semblèrent dire : Nous aurons un excellent repas. Deux lui parurent suffisants pour le premier jour; c'étaient les corps de ceux qu'ils avaient assommés.

Les pauvres prisonniers, attachés aux troncs des cocotiers, virent dépecer, griller et dévorer les membres de leurs malheureux amis.

En faisant ce récit, Van-Eltrop frissonnait, il dit :

— Ah! mon cher ami, je vivrais un siècle que ce spectacle ne s'effacerait point de ma mémoire;

il me poursuit jusque dans mes rêves ! Quand j'ai entendu le sifflement de Casenave, je priais Dieu d'avoir pitié de moi et de mes pauvres matelots, et de nous envoyer la mort sans assister encore à cet affreux festin. Il m'a exaucé, et ma reconnaissance pour vous, à qui nous devons la vie, et qui n'avez été que l'instrument de la Providence, sera éternelle.

Nos matelots rapportèrent une partie des objets volés par les sauvages et une bonne provision de racines, de noix de cocos et de chair de tortue fumée.

La chaloupe était trop petite pour nous contenir tous, il fallait nous résigner à faire deux détachements, ce qui nous affligeait.

Déjà nous tirions au sort pour savoir ceux qui retourneraient par la voie de terre au navire, ou qui monteraient la chaloupe, lorsque nous découvrîmes trois canots qui rangeaient la pointe nord de l'île. Van-Eltrop avait retrouvé sa lunette, il examina ces canots.

— Je ne crois pas qu'ils nous aient découverts, me dit-il, car ils rament pour aborder en-deçà du promontoire où ils prendront terre, je le suppose ; je n'ai pu compter qu'une douzaine d'hommes, mais ils ne ressemblent point à nos cannibales, ils sont presque vêtus.

Casenave dormait quand nous fîmes cette découverte ; le bruit de nos paroles l'éveilla.

— Casenave, dit le Basque, il y a là-bas trois

canots, si nous pouvions les enlever nous ferions tous route de conserve jusqu'au navire; qu'en penses-tu ?

Casenave pria le capitaine de lui prêter sa lunette : il observa longtemps les canots, puis l'aspect du pays, et dit en remettant la lunette à Van-Eltrop :

— Les canots seront à nous, si nous n'avons point encore été vus.

Nous connaissions l'intelligence et la hardiesse de ce matelot, nous lui demandâmes comment il voudrait agir.

— Comment ! répondit-il en riant; mais en montant sur mes jambes de bois (elles ont déjà fait merveille !) je vous promets d'attirer ces peaux noires assez avant dans le pays pour que vous puissiez enlever les canots sans tirer un coup de fusil. La côte, en s'avançant dans la mer, entre nous et les canots, permet à la chaloupe de s'avancer. Dès que les canots auront disparu derrière la pointe, vous enverrez un homme qui observera les mouvements des sauvages, et moi je me présenterai à quelque distance d'eux, monté sur mes jambes de bois : loin de chercher à les effrayer, je tâcherai de les éloigner du rivage; le spectacle d'un Landais aussi haut monté en jambes n'avait point encore été vu avant la nuit dernière, malgré la haute civilisation que nous connaissons aux habitants de cette île ; vous sentez bien que j'aurai l'air d'avoir peur, que je fuirai à toutes petites enjambées pour leur laisser l'espoir de m'atteindre et peut-être de me croquer en grillades ; quand le moment vous paraîtra favorable, emparez-vous des canots et tirez un coup de fusil pour m'annoncer la réussite, alors je ferai mes adieux à ces Messieurs à la peau noire.

Nous savions qu'il ne courrait pas grand risque, et nous approuvâmes le projet. Alors on ne voyait plus les canots, ils devaient être proches du rivage. Suivons le Landais et rappelons-nous qu'il avait été bateleur dans son extrême jeunesse.

Il eut bientôt atteint la pointe de terre qui nous dérobait la vue des canots : il déploya un long tissu rouge, roulé autour de sa perche, et l'agita au-dessus de sa tête, tout en avançant ; quand il reconnut qu'il était aperçu, il l'agita encore plus et en avançant toujours. Les hommes des canots parurent stupéfaits, et disposés à rentrer dans leurs canots ; le Landais alors, pour les attirer, battit un peu en retraite, mais lentement. L'irrésolution des sauvages l'impatientait ; il alla s'adosser à un arbre et resta immobile ; cela n'attirant pas encore les curieux, il passa de l'autre côté de l'arbre et ne montra que la tête ; un sauvage s'avança, puis deux, puis le reste de la bande. Casenave alors fit semblant de fuir, en se dirigeant vers la plaine ; c'en fut assez, les sauvages prirent leur course vers lui, agitant des zagaies et poussant des cris. Durant cette chasse, la chaloupe doublait le promontoire et s'emparait des trois canots.

Ils étaient beaucoup plus grands que nous l'avions cru, et très bien construits.

— Van-Eltrop, dis-je, un seul nous suffirait, prenons le plus grand, il me paraît le plus solide ; n'emportons que les rames et jetons dans les deux autres tout ce qu'il contient.

Cela se fit rapidement, je m'emparai, par esprit de curiosité, d'une zagaie admirablement travaillée, et nous redoublâmes le promontoire avant que les sauvages nous eussent découverts. Au lieu de ne tirer qu'un coup de fusil, nous fîmes une décharge générale pour prévenir notre matelot du succès de notre entreprise.

Il eut bientôt distancé ceux qui le poursuivaient; lorsque nous atteignîmes la petite anse, Casenave, posté au sommet de la dune, saluait avec son drapeau les sauvages qu'il ne voulut pas, nous dit-il en riant, quitter sans leur faire ses adieux.

Ce fut un spectacle aussi curieux qu'effrayant de voir ces sauvages, qui nous apparurent de la dune à l'instant où Casenave, descendant de ses échasses, entrait dans leur grand canot, et le poussait dans le tirant de notre chaloupe déjà éloignée du rivage.

Ils poussèrent des hurlements, puis descendirent en agitant leurs armes, faisant des contorsions grotesques et probablement les plus terribles menaces ; ils voyaient leur canot s'éloigner de la côte. Nous étions à une bonne portée de fusil quand ils y arrivèrent ; plusieurs zagaies volèrent vers nous et tombèrent à une certaine distance; leurs clameurs de rage avaient plus de portée, elles nous brisaient les oreilles.

— Maître, me dit le Malgache, si vous le voulez, je vais prouver à ces braillards que nos balles atteignent plus loin que leurs bâtons pointus. Vous voyez ce grand gaillard qui sort de l'eau, je vais l'y faire retomber pour qu'il y lave sa blessure.

— Non, Zimbello, ils ont raison de crier contre nous, puisque nous leur enlevons un canot qui leur a coûté bien des fatigues et du temps à construire; je regrette de ne leur avoir rien laissé en compensation de cette perte.

— Nous leur laissons deux de nos compagnons, me dit le Basque d'un ton sombre.

Cette observation nous rendit muets; nous ne pouvions l'avoir oublié, et ce souvenir était affreux.

C'est dans le canot que je me trouvais, avec mes deux compatriotes et mes serviteurs; l'embarcation filait admirablement et dépassait la marche de la chaloupe.

La côte que nous devions ranger pour retourner au navire nous était connue : nous savions qu'elle était hérissée de brisants, aussi nous tînmes-nous à plusieurs milles au large; sans être favorable, le vent ne nous contrariait pas trop, et nous avancions. Il tomba presque complètement aux approches du soir, et le soleil se coucha derrière un nuage d'un rouge sombre : c'était un indice de vent violent et peut-être d'une tempête. Nous savions par expérience combien elles sont terribles les tempêtes de ces mers turbulentes ; encore quelques heures de nage, vigoureusement hâtée par des rames, et nous espérions aller nous abriter dans le port, revoir nos compagnons et connaître l'état des travaux faits par les hommes laissés à Jossen le maître charpentier.

Le canot, plus léger et moins chargé que la chaloupe, filait en avant, la chaloupe faisait force de rames pour rester dans son sillage ; on ne chantait pas, on ne parlait pas : le danger était compris et le temps précieux. Enfin une lueur parut sur la côte, nous en étions à un mille au moins de distance ; mais comme des vapeurs s'élevaient sur l'Océan, nous ne pûmes distinguer la forme des rochers qui bordaient le port du côté du nord. Nous avançâmes avec précaution, cependant avec le plus grand désir d'avancer ; des raffales commençaient à nous arriver de la pleine mer, et ses vagues devenaient grosses et pesantes.

Il n'est plus possible d'en douter, nous arrivons au chenal qui conduit au port.

— Elissary, mettez-vous à l'avant, m'écriai-je, étudiez la surface de l'eau, il ne faut pas nous laisser ensabler. Holà ! à l'arrière de la chaloupe, ne nous perdez pas de vue, nous filons dans le chenal.

La mer bondissait des deux côtés et retentissait

sur les récifs; le danger était grand. Enfin une lame nous jeta dans le milieu du chenal, et notre canot se redressa à force de rames.

— Amis, appuyez, appuyez ferme!

Et je jetai un regard en arrière : la chaloupe semblait danser en l'air; une exclamation m'échappa :

— Ils vont être brisés!

— Non, me dit le Basque, ce sont de braves marins; ils ne perdront pas la tête.

Effectivement, la chaloupe entra dans le chenal, et peu après nous nous trouvions sous la hanche de la carcasse du *Van-Diémen*. Nous poussâmes des cris, tirâmes des coups de fusil, et plusieurs de nos compagnons nous répondirent du bord.

Nous nous attendions, en descendant à terre, à être accueillis par tous les hommes que nous y avions laissés. Mais six seulement vinrent nous recevoir.

— Où est Jossen? demanda Van-Eltrop d'un air étonné.

— Jossen, capitaine, il est parti trois jours après vous, avec le reste de l'équipage, emportant tout ce qu'il a pu charger dans la grande chaloupe.

— Parti, Jossen, parti avec la meilleure partie de l'équipage! dit Van-Eltrop d'un air consterné; mais c'est une trahison, une lâche défection. Eh bien! Flamel, le malheur n'était-il pas attaché au *Van-Diémen?*

La violence du vent nous força de chercher

l'abri que nous avions élevé : il était démoli, Jossen en avait enlevé les pièces principales pour ponter la chaloupe; ce fut dans mon ancien hôpital, où s'étaient retirés les hommes abandonnés par Jossen, que nous nous réfugiâmes.

Alors nous apprîmes que, dès le lendemain de notre départ, au lieu d'exécuter les travaux qu'on lui avait commandés, Jossen avait réuni les gens de l'équipage, leur avait déclaré que le capitaine et le chirurgien ne reviendraient point de leur folle tentative et qu'il songeait, lui Jossen, à sauver le plus qu'il pourrait de ses camarades ; alors il leur avait exposé son projet. « Au lieu de perdre notre temps à démembrer un navire inutile, et d'attendre la saison des pluies et des orages, mettons la grande chaloupe en état de nous transporter vers les terres que je suppose situées au nord-nord-ouest; le capitaine n'a pas su conduire le navire, vous le voyez bien. La grande chaloupe, munie d'un pont, et d'autres ouvrages que nous pourrons exécuter en peu de jours, résistera à la mer, et nous aurons bien des chances de salut, car il est impossible qu'en nous élevant au nord-nord-ouest nous ne trouvions pas des terres ou ne rencontrions pas de navires. »

On écouta les perfides conseils de Jossen : la grande chaloupe fut pontée, munie d'un plus haut bordage, et tous les vivres, les munitions, les marchandises qu'elle put contenir furent arrimés sous son pont.

Quand il fallut s'embarquer, Jossen nous déclara qu'il était forcé de nous laisser dans l'île, la chaloupe étant déjà trop chargée; mais que s'il réussissait dans son entreprise, il viendrait nous chercher, ou indiquerait l'île à d'autres navigateurs.

Tel fut le récit que nous firent les hommes abandonnés par le maître charpentier Jossen. Van-Eltrop en fut un instant consterné; mais le Hollandais est apathique, il s'endormit bientôt de fatigue, au sifflement des vents et aux rugissements de la mer; la nuit fut horrible, tout craquait autour de nous, et vingt fois je crus que nous allions être balayés par la tempête : je ne pouvais dormir au milieu de gens que j'entendais ronfler de toute la force de leurs poumons. Les gens de mer, habitués à lutter contre les grandes violences de l'Océan, n'y font pas la plus légère attention quand ils se trouvent en terre ferme : que le vent siffle, rugisse, il n'est pas la peine de se déranger, de s'inquiéter; le plancher qui les supporte n'est pas soulevé, lancé par la violence des flots.

Notre situation me parut désespérée : Jossen avait enlevé tout ce qui pouvait nous servir; les vivres allaient nous manquer, et la saison des pluies venait de commencer. Van-Eltrop était un excellent marin, mais je craignais qu'il ne manquât d'initiative et que son exemple n'influât sur les gens de l'équipage. Je pouvais compter sur mes deux compatriotes et sur mes deux serviteurs; mais que peuvent cinq hommes!

Le jour me surprit dans ces tristes réflexions; je me trouvais accablé, et j'admirai mes compagnons, déjeunant d'excellent appétit, comme si l'avenir était souriant pour eux; peut-être étaient-ils plus raisonnables que moi, en prenant le temps comme Dieu le dispense. Le *Van-Diémen*, ou mieux sa coque, avait été fendue en deux, comme si la main de l'homme l'eût partagée. Les tonneaux, les caisses, amarrés dans la cale, flottaient dans le port. Nous les recueillîmes : ils contenaient divers objets qui nous étaient utiles, particulièrement du biscuit et des viandes salées; un des côtés de l'autre pont était parsemé d'armes, de haches et d'objets de quincaillerie qui devaient nous servir de présents ou d'échange avec les naturels des îles que nous visiterions. Le tout fut soigneusement dirigé à terre. La soute aux poudres était inondée, nous en retirâmes huit petits tonneaux. Certes, si la chaloupe emmenée par Jossen eût pu contenir ce que nous trouvâmes encore dans le navire, il ne l'eût pas laissé; c'était cependant notre seule ressource, car la mauvaise saison était arrivée.

Il fallut élever une autre habitation, examiner ce qui nous restait de vivres et songer à sortir de cette île, en-dehors de la route parcourue par les navigateurs.

Les Hollandais ont toujours compté sur la mer

pour une partie de leur alimentation ; ils ont raison : ses produits sont inépuisables, et les hommes qui meurent de faim sur les bords de la mer manquent d'esprit et d'industrie. Des cordes, des câbles, et des vieilles voiles on en fit d'immenses filets ; la chaloupe et le canot enlevé aux sauvages nous donnèrent la facilité d'aller pêcher en-dehors du chenal quand le temps le permettait. Bientôt nous eûmes du poisson au-delà de notre consommation, quoiqu'elle fût considérable ; le Hollandais mange beaucoup. L'esprit de nationalité animait Van-Eltrop.

— Il faudra sortir d'ici, me disait-il ; mais il nous faudra aussi des provisions, le poisson seul peut nous en fournir ; cette terre n'a de notre côté que des rochers et des sables arides. Séchons des poissons, faisons-en bonne provision et nous verrons ensuite ce que nous pourrons tenter.

— Ami, lui dis-je, vous avez raison ; mais pour sortir d'ici, même avec des provisions pour un an, il nous faut un navire, et les meilleures pièces de bois du *Van-Diémen* sont perdues pour nous.

— Je m'occuperai des provisions, Flamel, occupez-vous du navire.

Jamais je ne m'étais occupé de pareil sujet, mais ce n'était pas une raison pour refuser. Casenave et le Basque étaient deux hommes de ressources ; je les consultai.

— J'ai plus d'une fois pensé à cela, me dit le Basque ; le matelot (il désignait ainsi Casenave qui était son matelot) s'en est occupé avec moi. Nous avons des outils, si tout le monde veut travailler nous ferons un navire qui se moquera de la mer, comme je me moquerais d'un verre de rack si je l'avais à ma disposition.

— Mais, voyez-vous, monsieur Flamel, ces Hollandais sont routiniers; leur proposer une chose que leurs constructeurs n'ont pas faite, c'est leur proposer l'impossible. Si vous le voulez, Casenave, moi et vos deux noirs, nous construirons une petite coquille de noix que la mer ne pourra pas avaler et qui nous portera quelque part où nous ne trouverons pas des hommes qui se mangent.

— Mais les loups ne se mangent pas, monsieur Flamel, et ces bêtes féroces sont pires que les loups.

— Demandez à Casenave ce que nous avons projeté : il ne s'agit plus d'échasses, mais d'une barque qui se rira des fureurs de l'Océan.

— C'est trop promettre, mon ami, aucune force humaine ne peut résister aux grandes colères de l'Océan, surtout dans ces mers si largement ouvertes.

— Les mers du Nord sont aussi redoutables que celles de l'Océanie, les brisants y sont semés comme les sables dans la plaine aride; cependant le grossier Esquimau les brave dans un canot que Congo porterait sur son épaule.

Cela me fit réfléchir: je me rappelai que les

pirates du nord vinrent, vers la fin du règne de Charlemagne, et sous celui de ses successeurs, du fond de la Norwège jusque dans les eaux de la Seine. Certainement leurs barques n'étaient pas des modèles de construction; elles arrivaient chargées d'hommes et s'en retournaient plus chargées encore de butin.

— Donnez-moi une idée de votre construction projetée; j'en parlerai au capitaine.

Elissary me regarda d'un air étonné.

— Comment un homme savant comme vous l'êtes, dit-il, et encore un docteur, ne s'est pas aperçu de l'état du capitaine?

La vision du vaisseau-fantôme lui a donné là (il porta le doigt à son front) un coup de marteau, comme au pauvre vieux Steuben; et sans vous, il y a longtemps qu'il eût servi de pâture aux requins au lieu de pêcher aujourd'hui des poissons pour les manger.

— Et, croyez-vous que sa petite affaire chez les cannibales ait raffermi son cerveau?

— Non, monsieur le docteur, non, tout le monde l'a remarqué comme moi; et c'est là le motif qu'a fait valoir Jossen pour emmener nos compagnons dans la chaloupe, ce qui est un vrai trait de Hollandais.

Ce fut à mon tour d'être étonné du langage d'Elissary; il affirmait et ne mettait pas le moins du monde en doute son affirmation.

— Le vaisseau-fantôme, mon ami, est une illusion, une hallucination, comme j'en ai eu une moi-même dans le bois des anthropophages.

— Vous ne le persuaderez jamais aux Hollandais; c'est à cette apparition qu'ils attribuent tous les malheurs qui nous sont arrivés; le capitaine lui-même le croit, car ce n'est pas un homme de mer comme lui qui nous eût conduits sur une île de la Nouvelle-Hollande au lieu de nous conduire à Batavia.

Nous avons aussi fait notre relevé, Casenave et moi, et nous sommes dans une des îles de la Nouvelle-Hollande, pour sûr.

Pour changer la conversation, je la remis sur le projet de construire une barque insubmersible, et demandai où il en prendrait les matériaux.

— Pas aux débris du *Van-Diémen*, certainement; non, ce ne sera pas à ces débris, ils sont condamnés à pourrir dans les abîmes de l'Océan, et je souhaite bonne chance à Jossen et à ceux qui se sont embarqués sur la chaloupe de ce malheureux marin.

Puis il me demanda brusquement si je voulais l'accompagner avec Casenave, me promettant de me montrer les matériaux de la barque.

Quoiqu'il eût plu toute la nuit et une partie de la matinée, le ciel s'était éclairci. Nous nous rendîmes donc au fond du port, où se déchargeait un large cours d'eau. Des arbres énormes l'ombrageaient; je crus reconnaître en un d'eux le gigantesque eucalyptus de la Nouvelle-Hollande.

— Voilà notre navire, me dit le Basque, le trouvez-vous assez long, assez gros ?

— Trop long et trop gros, mon ami ; tous nos gens ne l'abattraient pas dans un mois.

— C'est que ce sont des Hollandais, Monsieur, ils abattent l'arbre pour en faire des madriers et des planches, puis ils clouent tout cela et en font une barque, un navire.

Casenave et moi, et vos deux noirs, si vous le permettez, nous ferons notre barque sur pied, puis nous l'abattrons dans ce cours d'eau, qui la portera dans le port, où nous achèverons sa construction.

Je commençais à comprendre le projet, et je le crus réalisable. De retour à l'habitation, j'en parlai à Van-Eltrop; soit prévention, soit réalité, je lui trouvai l'œil un peu égaré; il ne me répondit que ces mots :

— Ne vous ai-je pas chargé de nous construire une barque; laissez-nous pêcher et sécher du poisson, nous n'avons presque plus de vivres.

Quatre Hollandais s'offrirent pour travailleurs; ainsi nous allions nous trouver neuf hommes, car je voulais aussi travailler et m'employer à la construction de la barque future.

— Vous savez calculer, Monsieur, me dit Elissary ; soignez les malades et les blessés, ne prenez point la hache; mais tenez-vous avec nous pour nous aider de vos conseils et nous panser si nous nous blessons.

L'encalyptus avait trente-trois pieds cinq pouces de circonférence à hauteur d'homme, et quarante-deux pieds de hauteur jusqu'aux plus basses branches; j'étais curieux de voir comment ils allaient commencer le travail. Une voile fut attachée autour du tronc à dix pieds de hauteur, puis étendue en forme de tente, et les deux bouts attachés à terre avec des pieux.

— Voilà notre abri, me dit Casenave; qu'il pleuve ou qu'il fasse beau temps, notre travail se continuera toujours. Avec une longue scie, ils entamèrent, à la profondeur d'un pied et à trois au-dessus du sol, la superficie du tronc; puis le vigoureux Congo l'entama au-dessus et fit voler de larges éclats de bois.

Durant ce travail, mes deux compatriotes et le Malgache coupaient de jeunes arbres pour faire des échafauds, et vinrent les dresser contre le tronc, déjà fortement entamé; le nègre et les Hollandais y allaient vigoureusement. Quand le tronc fut entamé de plus de trois pieds de profondeur, à l'aide des échafauds, les travailleurs tracèrent, avec la hache, une profonde rainure en montant vers le haut, et des deux côtés parallèlement : ils enlevèrent l'écorce.

— Elle nous servira, dit Elissary; séchée, elle sera très légère.

Le soir, le travail était avancé au-delà de mon

attente : nous avions des vivres, des hamacs, nous les suspendîmes aux échafauds, sous la tente, et allumâmes de grands feux pour chasser le serein de la nuit.

Il est inutile d'expliquer la manière dont le travail se continua : il suffit de dire qu'au lieu de creuser la barque dans le tronc étendu à terre, elle fut creusée dans l'arbre debout et tenant au sol par ses puissantes racines. Les travailleurs s'occupaient dans l'intérieur de l'arbre à l'abri du vent et de la pluie, dont le toit les préservait de côté. Dix jours après, le tronc se trouva presque creusé jusqu'à la hauteur de trente pieds ; c'était un travail prodigieux : j'allai rendre visite à l'habitation et parler à Van-Eltrop de nos travailleurs, espérant qu'il désirerait les aller voir. Il me répondit :

— La pêche a été bonne, le poisson sèche passablement ; il y aura une cargaison.

Décidément cet homme n'avait plus qu'une idée fixe : pêcher et faire sécher le poisson ; Elissary avait mieux jugé que moi l'état de son esprit.

Je retournai au lieu du travail avec la barque chargée de provisions et de nouveaux outils ; les quatre Hollandais, qui la conduisaient, me demandèrent à rester avec nous. Le capitaine, nous dirent-ils, les faisait sortir quel que fût le temps, les exposait à de véritables dangers et les fatiguait horriblement en leur faisant passer une partie des nuits à préparer le poisson et à le sécher à la fumée ; il me citèrent des excentricités telles, que Van-Eltrop me parut réellement monomane pour ne pas dire plus. Je leur répondis :

— Obtenez de lui qu'il vous laisse venir ici, le travail n'en ira que plus promptement. Comme j'étais inquiet au sujet du capitaine et que je savais que les travailleurs pouvaient se passer de moi, je résolus de retourner à l'habitation et de veiller sur mon pauvre ami Van-Eltrop.

Quoique le temps ne fût pas trop mauvais, Van-Eltrop n'était point à la pêche ; il lui fallait la chaloupe qui avait transporté les provisions. Je le trouvai couché sur le ventre, regardant les hommes qui étendaient les poissons sur des claies au-dessus des feux entretenus avec des branches vertes. Il se leva, comme s'il eût éprouvé de la honte d'être surpris en cette posture ; il me prit la main et me dit : Allons à votre hôpital ! C'était sa demeure.

— Flamel, me dit-il, je travaille pour ces pauvres gens, car pour moi c'est fini ; j'ai vu cette nuit l'âme de Steuben, comme je vous vois devant moi ; elle m'a serré la main, puis s'en est allée en me disant : Au revoir. Pauvre vieux Steuben, il vient avertir son lieutenant qu'ils se rejoindront bientôt.

— Comment, Van-Eltrop, vous qui êtes un homme sensé, pouvez-vous priser un rêve autrement qu'on doit priser une illusion de l'esprit ?

— Un rêve ! me dit-il très sérieusement ; non, ce n'était point un rêve, c'était une vision réelle :

n'ai-je pas dit que j'avais vu l'âme de Steuben comme je vous vois ?

Je compris qu'il [illegible] été inutile d'insister, et lui dis : Si Dieu a permis cette vision, elle est réelle ; il faut tourner votre pensée vers le ciel, mon ami, il faut prier Dieu de vous pardonner le mal que vous avez pu faire, vous en remettre à sa volonté, et attendre l'heure a[illegible] soumission.

— Vous me faites du bien, Flamel, mais j'ai oublié de prier.

Elevé par des parents chrétiens, j'avais toujours conservé les enseignements de mon enfance ; j'emportai avec moi peu de livres, au nombre desquels se trouvait l'Evangile ; j'ouvris ce saint livre au hasard, et je trouvai le sermon sur la montagne.

— Ecoutez, Van-Eltrop, je vais vous apprendre à prier, à souffrir et à attendre avec résignation l'heure où Dieu vous appellera à lui.

Il écouta ma lecture avec une religieuse attention, et quand elle fut achevée, il leva les yeux sur moi ; ils étaient humides de larmes.

— Vous avez été bien heureux, me dit-il, d'être instruit par des parents religieux, ils ont semé la consolation pour l'avenir. Voulez-vous me relire le passage ?

C'est ce que je fis avec une véritable émotion ; il comprit mieux, ses larmes coulèrent.

— Oui, Flamel, vous avez été heureux de recevoir une sainte instruction ; moi je vins au monde sur un navire pêcheur, on ne m'a jamais parlé de si bonnes paroles, on ne m'a enseigné qu'à être bon marin; je croyais que notre âme s'unirait au corps, car on nous racontait des histoires d'esprits qui apparaissaient après la mort, mais ma pensée n'allait pas plus loin. Il s'arrêta, puis un instant après il me prit la main et ajouta : Vous me lirez encore des passages de ce beau livre, Flamel, vous m'avez fait du bien beaucoup plus que vous ne pourriez le croire.

Je profitai de ces dispositions pour l'engager à venir voir nos travailleurs, et j'ajoutai en souriant : Croyez-vous, mon ami, que Casenave et Elissary, quoique tous deux pleins d'intelligence, n'ont pas voulu se servir des débris du *Van-Diémen* pour construire un petit navire ? Chez eux le préjugé est plus fort que la raison ; ils nous construisent un navire tout d'une pièce.

— Mes matelots en ont parlé, me dit-il, mais j'ai pris leurs discours pour une de ces grosses plaisanteries dont ils s'amusent à bord. Je suis vraiment curieux de voir ce chef-d'œuvre.

Le soir, je lui lus encore plusieurs pages des Evangiles ; le cœur de cet homme était trop ouvert aux bons sentiments pour qu'il n'en fût pas touché. Le matin, il me déclara qu'il avait passé une bonne nuit, qu'il n'avait eu ni rêve ni vision, et qu'il commençait à croire que j'avais eu raison d'attribuer aux hallucinations de l'esprit la vision qui l'avait tant impressionné. Il donna des ordres aux hommes qui s'occupaient à sécher les poissons et monta avec moi dans le canot, qui se dirigea vers le fond du port. Je me sentis heureux d'avoir opéré cette distraction, et j'eus l'espoir de le guérir de sa monomanie.

CHAPITRE IV.

Visite à l'atelier. — Retour de la monomanie de Van-Eltrop. — Distractions. — Le travail avance. — Les pirates malais. — Délivrance de quatre matelots du *Van-Diémen*. — Stratagème. — Le volcan sous-marin.

Le travail était fort avancé, tout l'intérieur se trouvait à peu près creusé, et l'on commençait à donner à l'extérieur la rondeur que l'on donne aux navires; Van-Eltrop examina longtemps l'ouvrage et parut étonné que deux simples matelots eussent conçu et fissent éxécuter, avec une si remarquable intelligence, un pareil travail.

— Mais je ne comprends pas pourquoi vous divisez la cale en trois compartiments, demanda-t-il aux deux matelots; elle aura moins de capacité et on ne pourra circuler de l'avant à l'arrière sans ressauter sur le pont.

— Capitaine, dit le Basque, si la cale perd

en capacité ce qu'elle gagne en solidité, il y a plus que compensation ; il y a plus : si une voie d'eau se déclare, elle n'envahira qu'un des compartiments et sera plus facile à boucher, sa place étant à peu près connue.

— C'est vrai, c'est vrai, fit Van-Eltrop; et je voyais ses yeux s'animer ; les instincts du marin chassèrent l'idée fixe. Je comprends que les traverses d'une hanche à l'autre, étant taillées dans le corps de l'arbre, lui donneront une incontestable solidité : mais pourquoi faites-vous cette large ouverture à l'arrière, est-ce pour le plaisir d'avoir un puits dans l'intérieur du bâtiment, car je vois que vous en avez aussi pris les bordages dans le corps de l'arbre ?

— C'est pour avoir le plaisir de ramer sans s'étaler sur les bancs du bord, répondit le spirituel Basque, à qui j'avais conseillé d'exciter l'esprit du capitaine.

— Vous voulez mettre des rames dans cette longue auge, Elissary, demanda Van-Eltrop, je n'en crois pas la manœuvre facile ?

— Oui, des rames, capitaine, placées autour d'un axe, en façon de palettes, et que nous ferons tourner au moyen d'un engrenage qui les mettra en mouvement.

Van-Eltrop resta quelques instants pensif, puis il s'écria :

— Mais où avez-vous pêché cette idée, matelot, où l'avez-vous pêchée ? elle est bonne, assurément; je souhaite qu'elle réussisse, ami, je le souhaite; quand le vent ne sera pas pour nous, nous aurons recours à vos rames tournantes, j'y travaillerai moi-même, je vous le promets.

Je ne me sentais pas d'aise en voyant la bonne tournure que prenaient les choses; je laissai Van-Eltrop avec mes deux compatriotes et j'allai m'informer de la santé des autres travailleurs. Mon nègre Congo avait l'esprit borné, presque stupide même, mais il était doué d'une force si étonnante, qu'il faisait à lui seul plus de travail que quatre autres. Cet avantage lui avait donné une si grande influence sur les Hollandais, qu'il commandait et était obéi. La force brute est donc une puissance qui s'impose par elle-même, et à laquelle l'intelligence se soumet, me disais-je en examinant travailler! Je changeai un peu d'idée, en voyant le Malgache commander impérieusement à son confrère par la peau. Cependant quoique vigoureux, le Congo l'eût assommé d'un seul coup; mais il était beaucoup moins intelligent que lui, et à son tour l'intelligence reprenait son empire sur la force brute : mais pourquoi les Hollandais se soumettaient-ils à la force brute? c'était pour moi un problème.

Van-Eltrop était si enchanté de ce qu'il voyait, qu'il envoya chercher son hamac pour s'établir au milieu de nous; il ne parlait plus de pêche, quand cette idée fut éveillée en lui par le retour de Casenave. Celui-ci avait profité de quelques heures de beau pour aller pêcher dans le grand cours d'eau qui passait tout près de notre atelier ; il rapportait trois anguilles, si grosses, si longues, qu'elles firent pousser un cri d'admiration à Van-Eltrop.

— On conserve très bien les anguilles, me dit-il, il faut en faire provision, cela s'encaque encore plus facilement que le saumon et les autres poissons. Ah ! si le pauvre Steuben était ici, qu'il ferait un joli régal, il préférait l'anguille à tout autre poisson.

Il s'arrêta, comme frappé d'une idée désolante. Son regard devint terne, je compris que la monomanie allait le reprendre ; le saisissant par le bras, je lui dis :

— Ami, allons visiter les bords du cours d'eau, où Casenave a fait une si belle pêche.

Il se laissa conduire comme un enfant, sans mot dire, ne me répondant plus. La tristesse me saisit aussi, elle est contagieuse, et ce fut en silence que nous remontâmes le long de la rivière. Tout-à-coup Van-Eltrop se détacha de mon bras et se plaçant devant moi, les yeux fixés sur les miens il me fit cette étrange question :

— Flamel, mon ami, vous ne pouvez plus me dire que j'ai eu une hallucination ; vous avez dû voir Steuben quand j'ai parlé de son goût pour les anguilles ?

— Je n'ai rien vu, mon ami, lui répondis-je tristement.

— Cependant il a pris l'anguille dans ses mains, il l'a soulevée, et elle a glissé à terre, me dit-il.

— Il est certain, capitaine, que l'anguille a glissé entre les mains de Casenave, je n'ai pas vu autre chose.

Il me regarda, mais si singulièrement, que ce regard me donna le frisson ; puis passant la main sur son front et sur ses yeux, il me dit :

— Est-ce que ce serait vraiment une hallucination ?

— N'en doutez pas, mon ami, le mets favori de Steuben l'a évoqué en souvenir dans votre imagination ; elle a fait le reste comme dans les rêves.

— Vous avez votre livre, Flamel, lisez-en quelques pages, et asseyons-nous.

Je choisis un passage approprié à la disposition d'esprit de Van-Eltrop ; ce fut la parabole du mauvais riche. Cette sainte lecture produisit son effet. Le capitaine me dit :

— Voilà ce que sont la plupart des hommes ; il faudrait lire ces choses sur les places publiques, dans les rues, les proclamer du haut des toits, Flamel, et le nombre des malheureux diminuerait, et le bon Dieu serait obéi. Mais pourquoi ne nous a-t-on pas appris ces choses à nous, que la cupidité et l'âpreté au gain tourmentent tant ?

— C'est que vous avez toujours vécu sur l'eau, mon ami ; c'est que la vie du marin sans cesse exposée ne lui laisse aucun loisir ; c'est enfin, il faut le dire, que l'esprit du commerce est absorbant et ne laisse guère de place aux bonnes et saintes pensées d'humanité.

— Oui, cela est ainsi, Flamel ; notre riche armateur a laissé mourir dans la misère la veuve et les enfants d'un de ses meilleurs matelots ; cependant il avait péri pour lui gagner de l'argent. Croiriez-vous que je suis arrivé à l'âge de cinquante ans sans avoir songé qu'il y a autre chose dans la vie qu'à chercher à amasser de l'argent? Je n'ai point de femme, Flamel, il m'est dû à Batavia et en Hollande des sommes assez considérables, je vous en remettrai les lettres et vous emploierez cet argent au soulagement de nos matelots ; Dieu veuille que mon désir s'accomplisse et que quelques-uns de nous retournent en Europe.

— J'espère que nous y retournerons tous ensemble, mon ami, le petit navire de nos deux matelots nous y portera plus sûrement qu'un grand navire. Ne pensez-vous pas, d'après tous les détails que vous a donnés Elissary, qu'il tiendra bravement, sûrement la mer?

— Si nous arrivions sur ce navire à Batavia, me répondit-il presque en souriant, les constructeurs riraient joliment de cette innovation.

— Et nous, Van-Eltrop, nous nous en réjouirions ; nous lui devrions notre salut compromis sur le *Van-Diémen*.

— Ce n'est pourtant pas ainsi que la science des

constructeurs procède, et c'est à cette science que la Hollande doit sa haute prospérité !

— Pensez-vous, Van-Eltrop, que si, dans la construction des navires, on adoptait les idées des deux matelots, la prospérité de la Hollande s'arrêterait ?

— Nous verrons cette nouvelle à l'épreuve, fit-il d'un ton presque bourru. Hollandais pur sang, il n'admettait pas que d'autres que des Hollandais pussent innover dans la construction navale.

Ce fut en controversant ainsi que nous revînmes à l'atelier; les idées de Van-Eltrop avaient pris un autre cours ; l'amour-propre national en prenait le gouvernail. Il alla encore examiner le travail, questionner les deux entrepreneurs, et les deux entrepreneurs savaient fort bien répondu à toutes ses objections. La lenteur d'esprit hollandaise ne pouvait pas lutter contre la vivacité française ; mais Van-Eltrop ne parut ni blessé ni contrarié des réponses.

Il parait même qu'il adoptait les vues de mes deux compatriotes, car il appela la moitié des hommes qui restaient aux habitations pour les employer aux travaux de l'atelier : ce fut un bonheur, ainsi que la suite de ce récit le prouvera.

La pêche dans le cours d'eau donnait des saumons et des anguilles magnifiques : la principale opération, celle qui occupait le plus Van-Eltrop, était la pêche. Il appela donc tous ses hommes, et les habitations du bord de la mer furent abandonnées. Le travail de la chaloupe-navire marchait vite, il ne s'agissait plus que de la détacher de terre et de la débarrasser de la cime déjà jaunie. Nos deux constructeurs avaient tout prévu ; un câble attaché à l'extrémité en dirigea la chute, et les coups de hache du Congo la hâtèrent. Ce dôme immense de branchages s'abattit sans nuire au corps de l'arbre déjà creusé et travaillé ; il ne s'agissait plus que de se débarrasser des racines. Cinq mines profondément pratiquées dans le sol, fortement chargées de poudre, jetèrent l'arbre à terre, presque dans le cours d'eau. Là il reçut le dernier travail, et ce que les constructeurs nommaient son perfectionnement.

Mais comment descendre ce grand corps dans le port ; il devait prendre au moins quatre pieds d'eau, et la rivière n'en avait, en moyenne, que trois ? Cela n'inquiétait pas nos deux constructeurs ; avec des pieux ils firent un barrage qui éleva les eaux, et le navire, ou barque, peu importe le nom, se trouva à flot. Un second barrage le conduisit jusqu'au port, et chacun s'attendait à l'y voir descendre triomphalement, à se rendre sur ce que nous nommions le quai, pour y être chargé et emménagé de tout ce que nous devions emporter, quand un accident nous cloua là où nous étions, et faillit compromettre notre départ.

Deux hommes avaient été laissés aux habitations pour encaquer le poisson ; ils avaient la yole à leur disposition pour correspondre avec nous. Le jour où le petit navire se trouvait dans le second barrage, sur le point d'être lancé dans le port, nous vîmes la yole arriver à force de rames. Il y avait des nouvelles.

Ces deux hommes avaient aperçu au large trois petits bâtiments, ou longues barques, cinglant vers l'île.

— Petits bâtiments ou barques, dit Van-Eltrop en fermant les yeux, est-ce que nous sommes dans les parages parcourus par les pirates malais? Par précaution, enlevons tout ce que nous avons de bon dans les habitations. Holà ! tous les hommes dans le canot et dans la chaloupe !

Ce fut fait avec la ponctualité des ordres donnés en mer. Le rapport des deux hommes était vrai : trois longues barques, pontées et à voile d'avant et d'arrière, louvoyaient à quelques milles du port.

Nos gens eurent le temps d'enlever tout ce qui nous était utile et de venir à l'atelier avant que ces petits navires pussent aborder.

La situation d'esprit de Van-Eltrop ne m'inspirant pas beaucoup de confiance, je lui demandai avec beaucoup de ménagement s'il voulait me laisser diriger cette affaire.

— Je le veux bien, me répondit-il, votre tête est plus solide que la mienne. Veillez au sort de ces pauvres matelots.

— Dites-le-leur, capitaine, j'aurai plus d'autorité.

— Je le veux bien, me répondit-il tristement.

ils croient que j'ai perdu la raison, cependant je les aime.

Il n'y avait pas de temps à perdre, j'envoyai Elissary avec quatre hommes pour observer les trois petits navires; nos provisions de bouche, nos munitions, nos instruments, en un mot tout ce qui pouvait nous servir, se trouvait à l'atelier, en dehors de la vue du port par un avancement de rochers qui nous couvrait entièrement.

Je fis couper les longues branches étendues à terre : elles servirent à couvrir notre embarcation. Heureusement que nous étions aux pieds des rochers, sur la droite de la rivière, et que si l'on venait nous attaquer, on ne pourrait le faire qu'en traversant l'eau. Nous n'avions que des tentes, je les fis enlever et nous allâmes nous poster sur un rocher, à une demi-portée de fusil de notre embarcation, à côté de laquelle nous rangeâmes la chaloupe et le canot : la yole fut mise dedans.

Tandis que nos gens prenaient position et rendaient plus difficiles les abords du rocher, j'étudiai le terrain. La position me parut si bonne que je crus qu'on ne pourrait nous y forcer que par surprise.

Si nous avions pris si chaudement l'alarme, c'est que nous connaissions les pirates malais; nous n'avions à attendre d'eux que le massacre ou l'esclavage. Tous les hommes comprirent mes dispositions, se montrèrent pleins de courage et jurèrent de se faire tuer jusqu'au dernier plutôt que de se rendre. Quand je me rappelle cela, je ne puis m'empêcher de dire que nous avions pris la panique trop subitement et qu'il faut l'attribuer à la surprise, car en voyant la chose de sang-froid, il valait mieux pour nous nous rencontrer avec les Malais sur la terre qu'en mer : nous n'avions point de canons, ceux du navire étaient de trop fort calibre pour notre embarcation, tandis que les Malais ont toujours de petits canons sur leurs longues barques.

Van-Eltrop se montrait très calme ; il vint à moi et me dit :

— Dès que j'ai su que des pirates malais arrivaient, j'ai compris que l'adieu, non pas adieu, reprit-il vivement, mais le *au revoir!* du vieux Steuben allait s'accomplir ; voilà pourquoi je vous ai prié de prendre le commandement ; sauvez mes pauvres matelots, mon cher Flamel, je vous le demande les larmes aux yeux.

Effectivement ses yeux étaient remplis de larmes.

— Van-Eltrop, mon ami, chassez ces funèbres pensées, rappelez-vous que vous devez être soumis à la volonté de Dieu, et vous comporter en homme jusqu'à la fin. Vous voyez que nous ne courons ici aucuns risques, ne vous exposez pas plus que les autres au danger.

— Ecoutez encore ce que je veux vous dire, Flamel : dans la supposition où je serais tué, vous trouverez dans le petit coffre en ébène que j'ai mis sous mon hamac tous les titres qui établissent mes droits; j'y ai ajouté une déclaration par laquelle je vous les lègue avec tous mes droits. Si vous parvenez à Batavia, usez-en auprès de la compagnie hollandaise, et secourez ceux de mes pauvres matelots qui survivront.

Je le lui jurai sur l'honneur; cela parut le rassurer. Il alla s'asseoir dans l'enfoncement du rocher et s'y endormit.

Elissary revint, il nous dit que les barques étaient effectivement montées par des Malais, mais qu'il avait cru distinguer, au milieu d'eux, des Européens.

— Je n'ai pu, ajouta-t-il, reconnaître à quelle nation ils appartiennent, car ils sont presque nus; seulement j'ai remarqué que leur taille est plus élevée que celle des pirates.

— Que font-ils maintenant ces pirates, sont-ils à terre et nombreux ?

— Plus d'une centaine, monsieur Flamel; une seule barque a mis des hommes à terre, les deux autres sont sur les débris du *Van-Diémen* comme des oiseaux de proie sur la carcasse d'une baleine morte.

— Que font ceux qui sont à terre?

— Ce qu'ils font ! pas grand'chose de beau : ils défont ce que nous avons fait. Ils s'amusent à abattre nos habitations; je leur aurais envoyé une balle si la distance n'eût pas été si grande.

— Vous auriez commis une imprudence, mon

ami ; nous serions bien heureux s'ils ne soupçonnaient pas notre présence dans l'île.

— Mais, Monsieur, est-ce que vous voudriez les laisser se retirer tranquillement ; ils ont avec eux des blancs qui leur servent d'esclaves, je n'en doute pas, en attendant qu'ils les assomment ou les vendent.

Je pris la lunette et me rendis sur un point d'où je découvrais le port. Les pirates grimpaient sur les débris du *Van-Diémen*, furetant, enfonçant les planchers et revenant avec tout ce qu'ils trouvaient. Ceux qui étaient à terre décomposaient nos habitations et enlevaient ce que nous n'avions pu en emporter. Je remarquai que l'hôpital n'était point attaqué par eux, mais que des hommes se tenaient assis devant la porte.

— Je ne vois pas d'hommes blancs, dis-je à Elissary.

Il prit la lunette et regarda.

— On les aura renfermés dans l'hôpital, me dit-il, car je ne les découvre ni à terre ni sur les barques.

— Monsieur Flamel, si ces particuliers-là veulent me faire le plaisir de passer la nuit à terre, je vous promets de délivrer les prisonniers qui sont dans l'hôpital, je n'en doute pas.

— Mais, Elissary, vous ne pourriez y aller que par eau, et ils vous apercevraient certainement !

— Que par eau, Monsieur ! vous avez donc oublié que je suis Basque et que je grimpe là où les autres ont besoin d'être hissés comme des ballots de contrebande au bout d'une corde?

Je ne pus m'empêcher de sourire; c'était de cette manière que nous avions été hissés là où lui, Elissary, avait grimpé sans corde.

L'habitation qui nous avait servi d'hôpital était adossée au rocher et avait, outre la porte, deux larges fenêtres. Le projet du Basque pouvait s'exécuter la nuit; mais comment les prisonniers, s'il parvenait à les délivrer, pourraient-ils monter par un chemin praticable au seul Elissary? Je lui fis cette objection.

— J'ai déjà tout prévu, me répondit-il : Cascnave et vos deux noirs viendront avec moi; nous allons préparer des cordes, et puisqu'ils ne pourraient grimper, nous les enlèverons avec les bras du Congo. Mais, voyez donc comment ces misérables travaillent les restes de notre pauvre navire; ils font pis que la tempête!

Je regardai : ils avaient détaché de grandes pièces qu'ils attiraient sur le sable.

— Tiens, il veulent aussi les canons, voyez-vous; c'est tout un sabord que remorquent leurs barques. Le morceau est trop gros pour vos petites barques, mes amis, vous serez contraints de le laisser sur le sable.

A l'instant les deux hommes qui étaient assis à la porte de l'hôpital, entendant les cris de joie des autres pirates, coururent sur le bord de l'eau et se mirent à aider leurs camarades. Un des prisonniers ouvrit la fenêtre et sauta dehors, puis trois autres, et ils se mirent à gravir sur la partie accessible des rochers par où nous les avions escaladés nous-mêmes auparavant.

Elissary partit comme un trait d'auprès de moi et courut vers nos autres compagnons. Peu après il revint suivi de Casenave et d'un de mes deux noirs ; le Congo portait un rouleau de corde, le Malgache trois ou quatre fusils.

— Il faut les sauver, monsieur Flamel, ce sont de nos anciens camarades ; ils connaissent déjà les passages.

Nous courûmes aussi vite que nous le pûmes à travers les rochers, mais Elissary et Casenave nous devancèrent ; et quand nous les atteignîmes, ils étaient couchés sur le ventre et observaient les hommes qui escaladaient les rochers.

Ils venaient d'atteindre l'escarpement au-dessus duquel nous n'avions pu nous élever sans le câble l'Elissary, lorsque les pirates les aperçurent ; ils poussèrent un grand cri et une troupe accourut armée de fusils.

— Descendez le câble, descendez-le vite, dis-je à mes gens ; ils vont être tués, les malheureux.

— Laissez les autres s'approcher, Monsieur, et l'affaire va changer de face.

— Mais le câble, le câble ? dis-je.

— Le câble est en chemin, Monsieur, et je crois qu'il remonte, car j'entends souffler le Congo ; cet homme eût fait une bonne trompette.

Au même instant plusieurs coups de feu retentirent.

— Les imbéciles, dit Elissary, ils perdent leur poudre et leurs balles; si la distance était convenable, je leur aurais déjà envoyé un salut.

Le Congo avait déjà enlevé un homme; de la place que j'occupais, il m'était impossible de le voir, mais j'entendis des exclamations. Cet homme n'était autre que Josson le maître charpentier. Le câble coula sur les rochers et le noir tendait déjà ses muscles pour enlever un autre prisonnier, lorsque Elissary dit au Malgache :

— A notre tour, peau d'ébène ; prends le plus avancé, laisse-moi le second; es-tu prêt?

Et les deux fusils lancèrent deux balles, et deux Malais chancelèrent un instant puis tombèrent sur la face.

Les pirates s'arrêtèrent subitement; en levant les yeux vers le haut du rocher, ils virent le Basque et le Malgache qui rechargeaient leurs fusils. Pensant qu'il n'y avait que deux hommes, ils firent sur eux une grande décharge qui ne les atteignit point, mais qui me donna une forte contusion à l'épaule, c'était le coup d'une balle qui avait ricoché. Je cherchai une autre position qui me permît de voir les hommes qui se trouvaient sur l'escarpement du rocher, deux s'y tenaient encore.

— Couchez-vous, leur criai-je de toutes mes forces.

Ils m'avaient entendu et se couchèrent, fort heureusement, car une grêle de balles leur arrivait.

Sans que nos gens les eussent aperçus, deux pirates étaient parvenus à se placer sur une pointe de rocher qui dominait l'escarpement. Je tirai sur eux, mais Elissary et le Malgache les avaient découverts ; ils reçurent trois coups de fusil au lieu d'un, je ne sais s'ils furent atteints ou s'ils se laissèrent glisser en bas, car la place fut vide et je ne les y revis plus.

Le câble descendit pour la troisième fois ; un des hommes leva la tête et regarda vers les Malais, ensuite se baissa.

Les pirates approchaient, et voyant un troisième homme enlevé le long des rochers, ils firent une décharge sur lui ; une balle l'atteignit à la cuisse, mais il ne lâcha pas prise et fut attiré sur le rocher.

Le quatrième qui restait se trouvait en plus grand danger que les autres; les Malais avaient pris des positions qui leur permettaient de tirer presque à l'abri des coups de nos gens. Je voyais le câble descendre et se tordre sur lui, mais il ne bougeait pas ; à chaque instant une balle sifflait et claquait sur le rocher. Elissary et le Malgache vinrent auprès de moi.

— Cette vermine, dit le premier, tire son coup de fusil et disparaît derrière un rocher, il n'y a pas moyen de la détruire; il faut pourtant sauver le quatrième, c'est un de nos anciens compagnons. Allez, je vous en prie, panser celui qui a reçu un atout, et laissez-moi ici ; ils ne nous y croient pas, les chiens qu'ils sont. Baisse-toi donc, peau noire, le rocher n'a pas ta couleur, baisse-toi, nous allons leur envoyer des prunes de digestion difficile.

Lorsque je me rendais auprès du blessé, j'entendis deux coups de feu ; en passant la tête au-dessus du rocher, je vis tomber deux pirates. Le Congo était à portée de ma voix, je lui demandai si le câble était tendu.

— Non, me répondit-il ; je l'agite cependant assez pour éveiller l'homme s'il est endormi.

— Il est peut-être tué, lui dis-je.

— Oh ! non, je l'ai vu se remuer, mais il n'ose pas se dresser ; entendez-vous la fusillade ?

Le blessé déjà monté avait reçu une balle dans une partie peu dangereuse. J'en fis facilement l'extraction, et tandis que je le pansais, j'entendais retentir des coups de fusil.

Impatienté de ne pas voir le câble se tendre, je me mis à même de voir sur l'escarpement. L'homme qui s'y trouvait enroulait le bout du câble autour de son corps, au-dessous de ses bras. Evidemment il craignait d'être blessé avant d'arriver au haut du rocher, et prenait ses précautions pour ne pas retomber.

— Attends, criai-je au Congo, et tire quand je te le dirai. A vous, amis, faites feu, visez bien : la vie d'un de vos anciens camarades en dépend.

Tandis que plein d'anxiété j'observais et l'homme et les Malais, je remarquai que ceux-ci s'éloignaient de deux côtés et que plusieurs autres accouraient du port. Je présumai qu'ils voulaient trouver un passage dans cette chaîne de rochers; croyant le moment favorable pour sauver le blessé, je lui criai :

— Attention, matelot, on va remonter le câble.

Je le vis le serrer de la main gauche et le mordre.

— Il est blessé de l'autre bras, me dis-je. Zimbello, hisse-le doucement.

L'homme fut enlevé, puis retomba; je poussai un cri :

— Il est mort! il est mort, mes amis!

A l'instant même le Malgache se laissa couler le long du câble et descendit sur l'escarpement avant qu'on eût pu tirer sur lui. Il attacha le blessé sur son dos, puis siffla. Le Congo tira doucement, mais au lieu de faire prendre au câble la direction perpendiculaire, changeant de place, il le fit couler entre deux saillies du rocher. Ainsi les pirates, postés sur les côtés, perdirent de vue le Malgache et son fardeau; mais il y avait encore un assez long espace à découvert et où ils seraient exposés aux balles. Je vis les grands yeux ronds du Congo se porter avec inquiétude à droite et à gauche. Il comprenait le danger et n'osait y exposer son camarade le Malgache; je tremblais, le sang-froid m'abandonnait, deux coups de feu retentissent; Elissary et Casenave ont tiré de deux points opposés : profitant de la distraction causée parmi les pirates par cette diversion, le Congo hissa les deux matelots.

J'eus alors une nouvelle preuve du bon naturel des noirs ; le Malgache et le Congo se jetèrent dans les bras l'un de l'autre en s'écriant :

— Ah ! Malgache ; ah ! Congo, sauvés, sauvés !...

Et le grand Congo se prit à sauter en agitant les bras.

J'examinai le blessé ; une balle lui avait traversé le bras, et il portait en outre une marque d'une balle morte au-dessous de l'œil droit.

— Zimbello, mon ami, observe les Malais, tandis que ton camarade va transporter les blessés à l'atelier.

Avant de m'éloigner, je jetai un coup d'œil au bas des rochers : les pirates avaient disparu. Ne les ayant pas vus se diriger vers le port, je soupçonnai quelque ruse de leur part. Un sifflement partit à peu de distance, c'était Casenave qui se traînait sur le rocher.

— Etes-vous blessé ? lui criai-je.

— Non, baissez-vous tous ; ne voyez-vous pas ces deux Malais qui vous ajustent. Comment ont-ils pu grimper sur cette pointe ?

Le danger active les mouvements ; nous étions étendus sur la roche quand deux balles sifflèrent au-dessus de nous.

— Pas mal ajusté, dit Elissary en se dressant

tout-à-coup à quelques pas de moi; Casenave, feu !

Les coups partirent mais ne frappèrent que les rochers : les pirates avaient imité notre mouvement. Elissary lâcha un gros juron de dépit, se jeta sur le dos et rechargea son fusil en grommelant.

— L'aurais-tu cru, Casenave; manquer deux hommes qui semblaient perchés sur des échasses !

Nous avions profité du temps et gagné la pente, où nous étions à l'abri.

Quand nous arrivâmes à l'atelier, je fus surpris de le trouver désert.

— Que signifie ceci? me dis-je; où sont nos gens?... Congo, cours à leur recherche, tandis que je panserai les blessés.

Une pensée désolante me traversa l'esprit : je crus que le pauvre Van-Eltrop, saisi d'un accès de folie, avait entraîné nos gens à l'embouchure de la rivière et les exposait à être découverts. J'entendis quelques coups de fusil tirés de plusieurs points. Les pirates s'acharnaient donc à l'attaque. Un instant après, un bruit de pas parvint à mon oreille; je saisis machinalement mon fusil et me postai devant les blessés. J'en fus quitte pour la peur : c'étaient nos gens, commandés par Van-Eltrop; ils venaient de repousser des Malais qui, on ne pouvait savoir comment, s'étaient postés sur des rochers entre nos gens et notre retraite.

— Dès que j'ai entendu des coups de fusil, me dit le commandant en me serrant la main, la lumière s'est faite en mon esprit; j'ai soupçonné qu'on tenterait de nous attaquer sur le flanc, et j'ai disséminé ma petite troupe dans les passages. Il était temps, mon ami, oui, il était temps : dix ennemis, vingt ennemis pouvaient monter là où deux avaient déjà monté. Ils n'y reviendront pas aujourd'hui, j'ai cassé la tête au plus grand; vous savez, Flamel, que ma balle va toujours au but que mon œil fixe.

Je vis que le bruit de la fusillade et l'odeur de la poudre exaltaient la tête de Van-Eltrop, j'en tirai un bon augure. De fortes diversions produisent souvent un heureux effet dans les cerveaux malades.

Lorsque les hommes laissés en observation nous rejoignirent, ils nous rapportèrent que les Malais s'étaient retirés vers leurs barques et ne paraissaient pas disposés à pousser plus loin leurs tentatives. Cela ne me rassurait pas entièrement, je communiquai mes craintes à Van-Eltrop, et nous prîmes des mesures pour ne pas être surpris durant la nuit. Pour détourner leurs soupçons du côté de la rivière, j'envoyai le Congo et trois de nos gens vers la partie de la chaîne de rochers la plus voisine de la mer et la plus inaccessible; ils emportèrent des fagots et allumèrent de grands feux que les Malais devaient apercevoir de leurs barques où ils s'étaient retirés, car ce ne fut que dans le port que nous vîmes des feux. Par une circonstance assez singulière, ils employaient pour nous tromper le même stratagème que nous. C'est ce que nous connûmes le matin, mais notre ruse réussit et la leur échoua.

Dès que la nuit fut un peu sombre, un fort parti de pirates descendit à terre et se dirigeait déjà vers le fond du port, c'est-à-dire vers le côté où nous pouvions être le plus facilement attaqués, et où ils auraient pu découvrir nos embarcations. La fumée qui s'éleva d'abord sur les rochers, puis la flamme, leur fit croire que nous étions retirés sur ce point. Ils changèrent de direction et vinrent faire d'inutiles efforts pour escalader les rochers.

Quand nos gens retournèrent aux lieux d'observation, ils virent les pirates sortir du port et disposés à doubler le haut promontoire de rochers sur lequel ils nous croyaient réfugiés.

— Ami, me dit Van-Eltrop, chez lequel tout signe de monomanie était effacé, quand le promontoire sera doublé, ils verront l'ouverture de la vallée et certainement la remonteront pour gravir les rochers; s'ils trouvent une pente accessible, et il y en a plusieurs, ils se rendront là où ils ont vu briller les feux. Trois jours ne leur suffiront pas; mais en trouvant les crêtes désertes, ils les suivront jusqu'ici : il faudra donc de toute nécessité en venir à une action de vie ou de mort pour nous; les barrages attireront leur attention, ainsi que les débris de cet immense tronc dont est formée notre chaloupe, il faut aviser à tout cela.

— Votre raisonnement et vos prévisions me paraissent si justes, Van-Eltrop, que je vous laisse le soin des préparatifs et du commandement qui vous appartient ; je ferai tout ce que vous jugerez bon de me faire faire, mon ami.

— Flamel, si, comme je le crains, nous nous trouvons dans la nécessité de repousser une attaque, nous aurons malheureusement des blessés, et c'est vous qui les panserez ; voilà pourquoi je reprends un commandement que notre situation rend bien précaire.

— Ne pensez-vous pas que nous ferions bien de réunir nos gens et de tenir conseil avec eux ?

— L'idée m'en était déjà venue, capitaine, et peut-être un d'eux ouvrira-t-il un avis salutaire. Je pensais à Elissary.

On sait déjà que nous étions retranchés entre des rochers qui rendaient notre position très forte, mais je connaissais l'audace et la ténacité des pirates ; ils étaient venus dans cette île sur les indications des gens de la grande chaloupe qu'ils avaient enlevée en mer. Ils avaient appris d'eux quelle était la contenance du navire abandonné, et ce qu'ils avaient enlevé dans la chaloupe leur faisait espérer un riche butin sur le *Van-Diémen*. Ils ne trouvaient que des débris, ce butin avait donc été enlevé par les hommes qui se trouvaient dans l'île, et les pirates voulaient ce butin. Tous ces détails nous furent donnés par Jossen, le maître charpentier, qui croyait bien que nous avions tous succombé de misère ou par accident. Ce fut aussi par lui que nous apprîmes que chaque barque était montée au moins par quarante ou cinquante hommes, et portait quatre petits canons d'une manœuvre facile. Ces trois barques faisaient partie d'une escadrille appartenant au sultan de Sule; il était à craindre que d'autres pirates, qui guettaient dans les parages de la ligne les vaisseaux en retour de la Nouvelle-Hollande, ne vinssent se joindre à ceux qui avaient abordé dans l'île.

Quand nous fûmes tous réunis en conseil, Van-Eltrop exposa, avec une grande lucidité d'esprit, les dangers qui pouvaient nous atteindre, et conclut en proposant d'aller prendre, sur les rochers qui bordaient la vallée au sud, une position qui nous permît d'attaquer les Malais à l'improviste et de les éloigner du lieu où nous avions tout ce que nous possédions, et qu'il était impossible d'enlever avant l'arrivée de l'ennemi.

Ce parti me paraissant le plus sûr, j'allais y donner mon assentiment quand je vis Elissary se lever pour émettre son opinion; je me tus et écoutai les paroles du Basque.

— Ce que propose le commandant, dit-il, serait ce que nous aurions de mieux à faire, si réellement les ennemis, après avoir doublé le promontoire, descendent dans la vallée avec l'intention de nous attaquer en revers; mais je connais les pirates malais, ils sont doublés de ruse, et je les soupçonne fort de nous tendre un piége. Quand je veux deviner ce que vont faire les autres, je me figure que je suis à leur place, que j'ai les mêmes intérêts, enfin que je veux arriver à leur but présumé; alors je me suis dit : Matelot, si tu étais un de ces Malais, que tu voulusses surprendre les gens perchés sur des rochers d'où ils t'écarteraient à coups de fusil, que ferais-tu pour arriver à ton but? Voilà ce que je ferais : je m'éloignerais des bords de la mer, comme si j'abandonnais l'entreprise, bien persuadé que ces gens descendraient du haut des rochers et viendraient voir les monceaux de débris que j'aurais laissés sur le rivage; mais de ma cachette je fondrais sur les imprudents que les rochers inaccessibles ne protégeraient plus; voilà ce que j'avais à dire. J'ajoute cependant que, si le commandant veut me prêter sa lunette, je vais aller examiner le port et ses environs.

— Vous avez bien raison, dit Van-Eltrop; quelqu'un de vous, mes amis, a-t-il un autre avis à communiquer?

Tous se turent.

— Eh bien! Elissary, nous allons aller tous deux faire cette exploration. Flamel, songez à nos blessés.

Dès qu'ils se furent éloignés, je levai le premier appareil, et je vis avec joie que la balle n'avait traversé que les chairs, mais les contusions étaient plus dangereuses. Le pauvre matelot avait la figure si enflée que l'œil en était recouvert; Jossen m'aidait et me paraissait tout honteux. Je le rassurai en lui répétant ce que Van-Eltrop lui avait déjà dit : « Jossen, oublions le passé, songeons au présent et ne cherchons plus à nous séparer. » Cet homme et ses trois camarades augmentaient notre nombre et nous devenaient précieux, surtout Jossen, habile charpentier et homme d'action.

Le Malgache et le Congo descendirent au bord de la rivière dans l'intention de pêcher et aussi de jeter un coup d'œil sur nos embarcations; elles avaient été couvertes avec tant de précipitation que le courant avait emporté une partie des rameaux, et qu'elles se trouvaient on ne peut plus visibles.

J'envoyai Jossen avec le plus de gens que je pus lui donner pour mettre les embarcations à couvert et prendre toutes les mesures nécessaires pour nous les conserver.

J'étais seul auprès du blessé et des autres malades, car depuis quelques jours une maladie singulière se déclarait parmi nous. Sur l'abdomen apparaissait d'abord une large plaque d'un rouge foncé, les chairs enflaient, s'élevaient comme un cône, puis au milieu se montrait un bouton de mauvaise nature. Le premier, que je perçai d'un coup de lancette, offrait la tête d'un ver de la grosseur d'un tuyau de plume; ne voulant pas le saisir de crainte de le rompre, je pressai doucement les contours du cône et parvins à le faire sortir de la longueur de cinq pouces ; je l'enroulai autour d'une baguette et en obtins l'extraction entière. Cette singulière éruption causait au malade des douleurs atroces accompagnées de fièvres ardentes.

Déjà trois de nos matelots subissaient cette cruelle maladie ; j'en attribuai la cause à des piqûres d'insectes qui nous avaient fort incommodés sur le bord de la rivière.

Le retard que mettaient Van-Eltrop et Elissary à revenir auprès de nous commençait à m'inquiéter, quand je les vis monter le sentier que nous avions pratiqué dans le rocher.

— Eh bien ! leur criai-je, avez-vous découvert quelque ruse ?

— Oui certes, me répondit Van-Eltrop, mais Elissary dit qu'elle est cousue avec du fil blanc !...

— J'écoute, Van-Eltrop.

— Le port n'a plus que les débris du pauvre *Van-Diémen*, les barques ont disparu, mais le rivage offre des monceaux de ballots qui ne sortent pas de la carcasse submergée du *Van-Diémen*. Ils sont étalés comme on étale les marchandises pour tenter les chalands ; mais ce qu'il y a de plus fort encore, c'est que sur le bord de la mer, là où elle baigne les pieds des rochers, nous avons, entre quelques débris de bois, découvert la gueule d'un petit canon. Que pensez-vous de cela, Flamel ?

— Je pense qu'Elissary est un homme admirable : j'ai presque envie de lui délivrer un diplôme de sorcier.

— Il faudra en délivrer deux, monsieur Flamel,

car Casenave s'est aussi douté d'une ruse ; mais le brave matelot est timide comme un enfant et ne se hasarde guère à émettre ses idées.

Après nous être concertés sur ce que nous avions de mieux à faire, Elissary nous proposa d'aller jusque sur les rochers du bout du promontoire.

— Quand je cours à travers les masses de pierre, il me semble que je suis encore dans nos Pyrénées, et cela me réjouit. J'irai seul, envoyez tous les autres à la pêche, nos vivres ne sont pas inépuisables.

Il partit, alerte comme un isard qui se promène dans les montagnes.

— Décidément cet homme est plein de bonnes idées et fécond en ressources, me dit Van-Eltrop. Il a passé une partie de sa jeunesse sur les montagnes ; quoiqu'il ne me l'ait pas avoué, je soupçonne fort qu'il a fait le coupable métier de contrebandier. Ses idées se sont développées ; obligé de cacher sa conduite, toujours entouré de dangers dans ses courses, il a acquis la défiance et la finesse du sauvage.

— C'était un hardi matelot, Flamel ; combien de fois l'avons-nous vu, sur les vagues, aux instants des plus rudes tempêtes, il n'attendait pas l'ordre, il le prévoyait et le prévenait.

Les éloges de Van-Eltrop, accordés à un de mes compatriotes, chatouillaient d'autant plus doucement mon orgueil national que je savais que Van-

Eltrop élevait le matelot hollandais au-dessus de tous les matelots du monde. Le sentiment de la nationalité est plus vif quand on se trouve chez les étrangers.

Nous causions encore quand nous nous sentîmes ébranlés; le rocher sembla vaciller, et presque immédiatement, une bouffée de vent traversa l'air avec un bruit strident. Etonnés, nous nous regardions en silence, quand un nuage épais, presque rouge, courut au-dessus de nos têtes; une violente explosion retentit vers le port. C'était l'éruption d'un volcan en mer. Mais nous ne le sûmes que le soir, lors du retour du Basque. Ceux de nos gens qui se trouvaient sur le bord de la rivière avaient éprouvé une bien plus violente secousse et revinrent tout effrayés. Les eaux avaient reflué jusqu'à l'embouchure de la rivière, frissonnant comme si elles eussent été en ébullition. Deux d'entre eux affirmaient avoir vu une longue colonne de feu monter à une grande hauteur, puis éparpiller une grêle de corps embrasés. Les détails furent bien plus terribles quand Elissary vint nous les raconter : il avait tout vu du haut du promontoire, où il avait failli être suffoqué.

— J'arrivais à la pointe des rochers, nous dit-il; l'air était dans un calme effrayant, la sueur m'inondait, j'éprouvais un malaise étrange; je me suis étendu sur la roche, la mer s'étalait devant moi. Son aspect était sinistre, une vague inquiétude m'a saisi, cependant je cherchais du regard à découvrir, le long de la côte, les barques des Malais. Je n'ai rien vu; mais tout-à-coup je me suis senti comme ballotté sur un navire que fatigue la lame; puis j'ai vu, à un demi-mille au moins du promontoire, la mer bouillonner, s'élever en montagnes d'où s'est élancée une large et haute colonne de flammes : elle ressemblait à un immense canon vomissant la mitraille vers le ciel; le tout est retombé en crépitant dans la mer : je n'ai plus rien vu, un nuage de fumée suffoquante m'a couvert, j'étais tout étourdi, ou, pour mieux dire, je ne sais plus ce que j'étais.

Il s'arrêta un instant et reprit :

— Je soupçonne fort que les barques des pirates étaient cachées dans les anses du bout du promontoire; si cela était, je pense que la grêle de pierres embrasées les a fortement endommagées, si elle ne les a pas démembrées.

Quoique le danger nous parût passé, l'inquiétude nous serrait cependant le cœur à tous.

— Lisez-nous le bon livre, Flamel, dit Van-Eltrop, il nous fera du bien à tous.

— Mes amis, dit-il aux matelots qui se tenaient muets autour de nous, quand l'homme redoute un danger supérieur à toutes les forces humaines, il s'adresse à celui qui seul peut l'écarter de lui, il s'adresse à Dieu. Prions-le de prendre en pitié les pauvres créatures qu'il a déjà soustraites à tant de dangers. Il se jeta à genoux, je récitai à haute voix l'Oraison dominicale.

— Répétez encore cette belle prière, Flamel, et commentez-la à nos gens.

Je le fis avec émotion, et certes jamais prière ne fut écoutée dans un silence plus profond, plus religieux. Ces rudes matelots ne connaissaient que ce qui avait un rapport direct avec leur profession; à cette époque la France et l'Espagne étaient les deux seules puissances maritimes sur les vaisseaux desquelles j'ai vu des aumôniers; cependant j'ai été en rapport avec toutes les nations qui envoyaient leurs navires dans les Indes orientales.

L'effet de cette prière fut tel que Van-Eltrop me pria de la répéter tous les soirs avant le coucher de nos gens.

CHAPITRE V.

De baleine morte. — Van-Eltrop dans le port. — Sa mort. — Derniers adieux. — Encore les pirates. — Ruse heureuse des deux Français. — Les Malais désarmés. — Arrivée d'un brick hollandais. — On lance le petit navire. — Départ pour Batavia. — Van-Kolbe. — La tempête. — Arrivée à Batavia. — Audience du directeur de la Compagnie hollandaise.

Le jour suivant nous envoyâmes des hommes sur le promontoire à la découverte des pirates; Van-Eltrop et moi, nous montâmes sur les rochers, d'où nous pouvions inspecter le port et ses alentours. Les débris du *Van-Diémen* se trouvaient plus rapprochés de la grève, mais nous ne découvrîmes ni barques ni Malais. Le monceau de poutres ou de planches qui couvrait le canon était éparpillé et le canon à découvert.

— Regardez en mer, sud-sud-ouest, me dit Van-Eltrop en me donnant la lunette, il me semble que la lame soulève quelque chose que je prendrais pour une bouée si ce n'était pas plus gros.

— Quelques débris du navire charriés par la mer descendante, lui dis-je en ajustant la lunette.

La lame soulevait, puis laissait dans le sillon un corps assez long mais semblable à un tonneau d'une grande dimension.

— Je ne saurais vous dire ce que c'est, Van-Eltrop, la lame le pousse vers la grève.

Il se mit encore à observer.

— Est-ce que je me trompe? dit-il; il m'a semblé que c'était la carcasse renversée d'une chaloupe. Mais non, c'est trop gros et trop étendu, cela doit égaler l'ancienne coque du *Van-Diémen*. Le flot continuait de ballotter ce grand objet, mais quoiqu'il poussât au rivage, le corps n'avançait plus.

Chacun de nous regardait à son tour sans pouvoir deviner quel était ce corps submergé; cela nous intriguait singulièrement, quand Van-Eltrop, braquant sa lunette, au moins pour la dixième fois, me dit avec une certaine joie :

— Ami, Dieu nous envoie du lard et de l'huile :

c'est le cadavre d'une baleine. Elle se sera trouvée sur l'ouverture du volcan lors de son éruption, c'est à cette cause que j'attribue sa mort. Elle n'est pas pourrie, les dieux des eaux ne laissent rien pourrir dans leur empire.

Dans la position où nous nous trouvions, le cadavre d'une baleine était pour nous d'une valeur infinie, car ainsi que le disait Van-Eltrop, elle nous approvisionnait de lard et d'huile. Les marins qui ont été employés à la pêche de ce grand cétacé savent que certaines parties de son corps sont comparables à la viande du bœuf; telle est du moins leur opinion, je la comprends chez des hommes dégoûtés des viandes salées, et chez les Esquimaux, pour lesquels elle est un grand régal; quant à l'huile, nous en avions un besoin urgent, elle sert à tout, même d'aliment liquide dans les jours de famine.

Les instincts du pêcheur de baleine se réveillèrent chez Van-Eltrop.

Il était tellement joyeux qu'il franchissait les rochers comme un véritable jeune homme.

La yole fut descendue dans le port, Van-Eltrop demanda mon nègre Congo et prit Jossen et deux autres matelots vigoureux : muni d'un câble et d'un long harpon, il se lança dans le port, gagna la mer et se dirigea vers la baleine. La lunette à la main, je suivais tous leurs mouvements; je vis Van-Eltrop lever les bras en l'air et les abaisser rapidement : il enfonçait le harpon sur le corps de la baleine ; redescendant dans la yole, il tira avec ses rameurs sur le câble, la baleine me fit voir la blancheur de son ventre ; ils l'avaient retournée, mais le fond manquait. Probablement que Van-Eltrop se rappela le petit canon des Malais et qu'il crut pouvoir s'en servir comme d'une ancre, car il laissa couler le câble et fit ramer vers la base des rochers ; je le perdis un instant de vue : il reparut, la yole marchait lourdement, malgré les vigoureux coups de rames du Congo.

Enfin, ils atteignirent le corps de la baleine : je les vis retirer le câble, le nouer autour du canon, et le Congo le soulever et le jeter à la mer. Cela fait, la yole rama vigoureusement pour rentrer dans le chenal, puis dans le port. Je ne sais par quelle fatalité la yole se porta sur la gauche pour jeter le capitaine à terre; dès qu'il y fut, il se dirigea vers les monceaux d'objets épars sur la grève. Alors je vis d'un de ces monceaux s'élancer une colonne de feu, puis j'entendis le bruit lointain de l'explosion d'un fusil; Van-Eltrop tomba auprès d'un des monceaux entassés sur le rivage ; Zimbello bondit en avant, il n'avait qu'une rame ; je le vis tendre les bras et les abattre avec rapidité. Il assommait deux Malais cachés derrière ces débris.

Je courus au point où devait aborder la yole : elle rapportait le corps sanglant de Van-Eltrop : la balle l'avait atteint à la tête, il n'existait plus. Ma douleur fut morne, je ne prononçai pas une plainte, mon œil ne fut point humide : en considérant ce corps privé de vie, cet homme qui avait été mon ami, que je croyais avoir guéri de sa monomanie, j'éprouvai un si poignant serrement de cœur que je crus que j'allais étouffer.

Ce fut en silence que nous retournâmes à notre retraite ; le Congo portait le corps sur son épaule, il venait après moi : cette vue m'eût empêché de marcher. Il le déposa doucement dans son hamac, je m'approchai, examinai la blessure ; la balle était entrée par la tempe droite, la mort avait dû être instantanée.

Je me retirai dans l'enfoncement du rocher et je pus pleurer. Je ne sais depuis combien de temps je m'y trouvais quand nos éclaireurs revinrent. Comme moi, ils furent attérés de la mort du capitaine, et ce ne fut qu'assez longtemps après leur arrivée qu'ils m'apprirent que deux des barques des pirates avaient dû être détruites, puisqu'ils n'en avaient découvert qu'une qui semblait clouée sur les écueils. Probablement que quelques hommes des barques submergées avaient pu se sauver sur le rivage du côté du port et tuer notre malheureux ami.

Ainsi son *Au revoir!* prononcé par le vieux Steuben n'était pas une illusion, et Dieu avait permis que Van-Eltrop pût revenir à des sentiments religieux avant de l'appeler à lui. N'obéissait-il pas à une espèce de fatalité en débarquant sur la grève au lieu de se diriger directement vers nous?

La nuit que je passai dans l'insomnie fut une

des plus douloureuses qui aient attristé ma vie; je me trouvais privé du seul compagnon avec lequel je pouvais communiquer et discuter mes pensées; je me sentais souffrant depuis plusieurs jours; je me trouvai bien malheureux et priai Dieu de m'arracher au plus tôt de ce monde de misères et de me réunir à ce pauvre Van-Eltrop qui avait rejoint le bon vieux Steuben; je priai sincèrement. Les paroles de la prière me venaient sans effort : je l'avais commencée le cœur brisé de douleur, et la nuit était presque écoulée que cette douleur m'écrasait encore. Enfin je fermai les yeux de lassitude et m'assoupis à peu de distance du hamac où reposait, pour ne plus se réveiller, le pauvre Van-Eltrop. Durant ce court sommeil, nos gens, qui avaient été témoins de ma douleur et qui croyaient que je leur étais nécessaire, emportèrent le corps du capitaine là où la terre pouvait fournir une tombe.

Elissary se tenait appuyé contre le rocher, les bras croisés sur la poitrine, attendant mon réveil.

— Venez, monsieur Flamel, me dit-il tristement, vous allez dire les prières; la tombe est ouverte, il faut rendre les derniers devoirs à notre capitaine.

Le cercueil fut descendu, je jetai ma pelletée de terre, tous vinrent après moi, et tous répétèrent mes derniers adieux au capitaine. « Adieu, ami, » tu retournes vers un Dieu juste et bon, sou-

» viens-toi de ceux que tu laisses malheureux dans » cette île. »

Une forte distraction nous était nécessaire ; elle nous arriva presque instantanément.

Une trentaine de Malais, probablement de ceux qui se trouvaient dans la barque enclouée sur les écueils et des autres qui étaient parvenues à gagner la rive, furent signalés autour du port ; quelques heures après, plusieurs autres se réunirent à eux, et je vis une barque s'approcher de la grève.

Nos ennemis se trouvaient encore deux fois plus nombreux que nous ; ils n'avaient probablement vu que cinq des nôtres, et un avait été tué ; il était à craindre qu'ils ne dirigeassent leurs recherches vers l'embouchure de la rivière : ils avaient dû, de leurs cachettes, remarquer que la yole s'y était retirée. Il fallut songer au danger ; nous n'étions plus que quinze hommes valides. Ils se réunirent autour de moi, me déclarèrent qu'ils m'élisaient leur capitaine et qu'ils m'obéiraient en tout et partout.

Nous attendions ; le jour se levait, et malgré la brume, on pouvait distinguer un groupe d'hommes en grand mouvement ; bientôt leurs clameurs se firent entendre, ils se trouvaient désarmés. Presqu'au même instant une traînée de flamme s'allongea sur la mer, et le retentissement d'un coup de canon parvint à nos oreilles. La voilure légère d'un petit brick s'élevait au-dessus du brouillard de la mer, à environ un mille de distance. Les Malais furent oubliés, nous nous éloignâmes de la rive et gagnâmes le chenal, où j'ordonnai une décharge générale. Je pris la lunette et je reconnus, à ma grande satisfaction, le pavillon de la Compagnie hollandaise.

— Elevez un drapeau blanc, mes amis; Elissary, Casenave et deux autres Hollandais, sautez dans la yole, allez les piloter, ils pourraient se jeter dans les brisants.

Du brick une petite barque s'était détachée : elle rencontra bientôt notre yole, je la vis tourner vers le navire avec la barque; nous étions tous fous de joie et ne pensions guère aux pirates. Cependant il eût été curieux de les voir s'agiter, courir çà et là, et enfin gagner précipitamment leurs barques. Ils connaissaient aussi le pavillon hollandais et se trouvaient pris entre deux ennemis, et désarmés. Tandis qu'ils se jetaient avec précipitation dans leurs barques, le brick s'approchait du chenal, piloté par notre yole.

Nos hommes avaient sans doute informé le commandant du brick que des pirates malais se trouvaient sur la côte avec trois barques, car dès que celui-ci vit les Malais s'éloigner, il leur envoya une volée de canons, puis rapidement une seconde. Une des barques coula peu après; mais les pirates ne nous occupaient plus : c'était ce bienheureux navire qui nous apportait le salut.

Mais quelle fut ma joie en reconnaissant, dans

l'officier qui commandait la barque, un ancien ami, le lieutenant Streugen, chez lequel j'avais passé quelques mois, lors de mon séjour à Batavia !

Il ne me reconnut pas ; les fatigues, les souffrances de toutes sortes m'avaient bien vieilli ; et puis, quel était mon pauvre accoutrement !

— Streugen, m'écriai-je, je suis Flamel, votre ancien ami.

Le brave Hollandais me regarda un instant, puis sauta dans notre chaloupe en me tendant les bras.

— Ah ! Streugen, quel bonheur ! Dieu a eu pitié de nous. Mais comment vous trouvez-vous dans ces parages ?

— A l'entrée du détroit de la Sonde, où nous étions en croisière, nous avons capturé un pirate malais; il avait à bord un prisonnier hollandais, matelot du *Van-Diémen*. Il nous raconta vos désastres, et nous indiqua tant bien que mal la situation de l'île où quelques-uns de ses camarades étaient restés avec le chirurgien Flamel et le lieutenant Van-Eltrop. Dès que j'eus remis ma prise, richement chargée, dans un port hollandais, je fis la déclaration au résident de la Compagnie, que le *Van-Diémen*, fort endommagé, se trouvait échoué dans une île inconnue; qu'il restait encore des hommes sur l'île, mais que le plus grand nombre, qui avait tenté de gagner un port des Hollandais sur une chaloupe, était tombé entre les mains des pirates qui s'étaient partagé les prisonniers ; il m'approuva lorsque je lui déclarai que j'allais parcourir les latitudes indiquées par le matelot, et tâcher de vous sauver. Peut-être aurions-nous, durant la brume, passé sans découvrir votre île, malgré ses hauts rochers ; où serions-nous allés vous chercher sur un autre point de la côte, si nous n'avions pas vu briller une grande flamme ? Venez à notre bord, mon cher Flamel, vous y retrouverez une autre connaissance, le capitaine Van-Eichorn.

— Que quelques-uns de vous, mes amis, sautent dans la yole et aillent porter cette bonne nouvelle à nos pauvres malades, dis-je à mes gens.

Et tandis que la yole s'enfonçait dans le port, j'allais tout joyeux, que dis-je ? joyeux, fou de joie, mettre le pied sur un bon navire qui me reporterait à Batavia, d'où je projetaits déjà de retourner en Europe.

Van-Eichorn parut enchanté de me revoir, et tandis que je changeais de vêtements (il m'en avait procuré), un bon repas nous était préparé. Avec quel appétit je mangeai de bon biscuit et des aliments encore frais ; mais il fallait leur conter nos aventures, répondre à mille questions qui me semblaient intempestives à cet instant.

Je passe les détails, ils pourraient paraître insignifiants; je reprends le cours de nos aventures.

Après avoir jeté l'ancre, l'équipage du brick descendit à terre; le capitaine, en vrai Hollandais, voulait voir le parti qu'il pourrait tirer des débris du *Van-Diémen*, et aussi du cadavre de la baleine, que les pirates avaient déjà entamé. Je conduisis Streugen à nos anciennes habitations, puis aux lieux où nous nous étions retirés. Il admira le travail de notre petit navire, écouta avec attention et étonnement les détails que lui donna Elissary, et me dit :

— Flamel, ce petit chef-d'œuvre doit venir à la résidence.

Quand nous passâmes auprès de la fosse où reposait le pauvre Van-Eltrop, qui avait été son ami, il se découvrit, puis se mit à genoux à mon côté, et nous fîmes une prière mentale. Streugen n'était pas catholique.

La joie fit plus sur mes malades que tous mes soins; je n'étais guère en mesure de leur en donner de bien efficaces.

Le capitaine voulut voir notre construction due au génie de mes deux compatriotes; en véritable homme de mer, il comprit sur-le-champ le parti que nous pourrions en tirer, car, il me l'avoua, son navire était petit et son équipage était trop nombreux pour nous prendre tous à bord. En peu de temps le petit navire de Casenave et d'Elissary pouvait être complètement achevé et prendre la mer de conserve avec le brick; ainsi nous partirions tous ensemble.

Nos gens se joignirent à ceux du navire pour recueillir tous les débris du *Van-Diémen*, et le butin que les Malais avaient laissé épars sur la grève; une partie dépeçait la baleine, dont le lard se fondait dans notre ancien hôpital.

Les charpentiers du brick et nos travailleurs achevèrent la construction du petit navire, que l'on baptisa du nom de *Flamel*. Ce furent mes deux matelots qui dirigèrent les travaux; Van-Eichorn ne permit pas qu'on fît un seul changement à leur plan.

Nous vivions dans l'abondance, la pêche nous fournissait plus de poisson que nous n'en pouvions consommer; nous avions une ration de bière, d'eau-de-vie et de bon biscuit. Ce bonheur, nos gens et moi le goûtions cent fois mieux que les hommes du navire. Le travail avançait rapidement, cinq jours après on essaya la marche du *Flamel*. Il serait impossible de décrire la joie qui rayonnait dans les yeux d'Elissary et de Casenave, quand le *Flamel* fut lancé dans le port et le parcourut avec une merveilleuse rapidité. Ce fut un hourra général.

— Je regrette de ne pas avoir complètement exterminé les Malais, me dit le capitaine du brick. Ces oiseaux de proie trouvent toujours le moyen de gagner une terre favorable, d'où ils repartent pour recommencer leurs pirateries.

— Si nous levons l'ancre demain, capitaine, nous pouvons doubler le cap, ranger la côte, peut-être les trouverons-nous; ils ne peuvent pas aller en pleine mer avec des barques que vos boulets ont dû endommager.

— Je le veux bien, Flamel, il faut que nous reconnaissions cette terre, je ne la trouve point indiquée sur la carte.

Le lendemain, au lever du soleil, nous retirions nos ancres, et le petit navire, bien muni de provisions de bouche, s'élança dans le chenal. Je me trouvais dedans avec tous les hommes de l'île; Elissary et Casenave faisaient alternativement bien les fonctions de timoniers. Pour des hommes de mer de cette époque, ce fut une chose merveilleuse de voir notre navire, sans aucune voile dehors, devancer la marche du brick. Mes deux noirs avaient voulu se charger de manœuvrer les roues tournantes, et le Congo avait la force de quatre hommes ordinaires.

— Maître, maître, me criait-il en tournant la roue, ça va-t-il comme il faut? le brick est en arrière, eh!

Comme le brick avait un plus fort tirant d'eau que nous, il se tenait plus au large, tandis que nous rangions la côte de très près.

Je me livrais à mes rêveries, étendu dans la petite cabine du *Flamel;* nos gens, qui avaient pris de l'avance sur le brick, le regardaient, penchés sur la bordure de babord.

— Qu'arrive-t-il? leur demandai-je.

— Ce qui arrive, capitaine, c'est que le brick, quoique toutes ses voiles prennent l'air et que le vent soit bon, ne peut pas nous suivre. Le capitaine va avaler sa chique de dépit.

Il nous fait faire des signaux.

— Je n'y comprends rien ; il a pourtant une belle mer.

Effectivement, le brick nous faisait le signal de l'attendre. Avait-il découvert quelque chose : les pirates, par exemple, réfugiés dans une des nombreuses anses de la côte ?

— Virez de bord, allons le joindre, il n'ose avancer, dis-je au timonier.

Dès que nous fûmes bord à bord, Streugen, qui se trouvait au haut de l'échelle, m'invita à monter sur le navire pour parler au capitaine.

— Flamel, me dit celui-ci, votre petit navire marche admirablement ; pour atteindre un comptoir hollandais, en suivant la route que je vous ai tracée sur cette carte, il vous faudra huit jours de navigation ; le vent ne peut que peu vous retarder. J'ai des dépêches à faire parvenir à la résidence, vous vous en chargerez et expliquerez tout ce que je n'ai pu écrire. Cette terre n'a probablement point encore été visitée par les navigateurs, je veux la reconnaître et m'aboucher avec les naturels ; le prisonnier malais que vous avez laissé à mon bord prétend connaître une partie des langues des insulaires de la Nouvelle-Hollande ; cette île n'en est éloignée que d'environ cent lieues, cet homme pourra nous être utile.

Il me donna une carte sur laquelle il avait tracé notre route, avec toutes les indications connues de lui, fit porter dans notre navire deux caisses de bouteilles, me serra la main et me souhaita une heureuse navigation. J'embrassai Streugen, qui me remit des lettres pour sa famille, en me recommandant d'user de bons traitements et d'amitié envers le jeune homme que le capitaine jugeait à propos de mettre dans le *Flamel*.

— Van-Eichorn, me dit-il, sait que vous êtes un bon et savant chirurgien, mais il ne vous croit pas marin de première force ; ce jeune homme est déjà fort entendu en fait de navigation, il vous sera utile surtout à Batavia.

Dès que je fus sur mon bord je fis connaître à l'équipage que nous allions cingler vers les possessions hollandaises, et que ce jeune homme me servirait de lieutenant.

Mon nouveau lieutenant était un jeune homme d'environ vingt-sept à vingt-huit ans, grand et vigoureux. Il me dit se nommer Van-Kolbe.

Ce fut le seul renseignement qu'il me donna sur sa personne. Il examina la carte que m'avait donnée Van-Eichorn, corrigea quelques détails et me dit :

— Il faut espérer que nous ne ferons pas de mauvaises rencontres dans les parages du sud, autrement nous n'aurions que la fuite pour sauvegarde.

J'éprouvai, tout d'abord, une grande sympathie pour ce jeune homme, quoiqu'il se montrât peu communicatif : mais il y avait comme une espèce de mystère qui l'entourait, et ce qui m'étonnait, c'est qu'il ne me parlait jamais des officiers ni des hommes du brick qu'il venait de quitter. Van-Eichorn ne m'avait pas exagéré ses connaissances comme marin, il me le prouva chaque jour. Nou marchions bien et vite, mais le travail de la rout fatiguait beaucoup plus nos gens que celui de la rame.

Vers le nord, nous découvrîmes à l'horizon plusieurs terres; Van-Kolbe me les nomma et dit que les abords en étaient dangereux; nous les vîmes peu à peu s'enfoncer dans l'horizon, et l'immensité de l'Océan se déroula seule devant nous : le temps devenait lourd, l'atmosphère étouffante; je fis établir une tonne vide que l'on remplit, à l'aide d'une pompe, d'eau de mer, et je pris un bain. Cette immersion me rendit la force, l'activité du corps et de l'esprit; Van-Kolbe en profita à son tour, puis tous les hommes du bord. Moyen hygiénique trop négligé en mer !

Vers le soir, de violentes rafales s'élancèrent du sud, soulevèrent les lames et emportèrent comme une plume notre petit navire.

— Van-Kolbe, demandai-je, ces mers sont-elles libres de brisants? je vois que nous n'avons qu'eux à craindre.

— Nous sommes peut-être dans les mers les plus larges et les plus profondes du globe, me répondit-il, et j'espère que le mauvais temps cessera avec le jour; si le vent souffle encore un jour du sud, il ne faudra plus courir vent arrière, mais nord-

nord-ouest, autrement nous serions lancés sur des terres que vous découvrirez demain. Je doute que votre navire puisse périr en haute mer, sa légèreté et sa construction le préserveront toujours; il est trop petit pour être écrasé par une montagne d'eau, mais c'est sa légèreté et sa petitesse qui lui rendent les côtes dangereuses, une lame un peu forte peut le lancer et le défoncer sur les brisants.

Dès que le jour parut, le vent perdit de sa violence, et la mer nous offrit une surface hérissée de montagnes mouvantes et couvertes d'écume. Ses grandes colères sont soulevées par les vents, mais elles ne tombent pas aussi promptement que les vents.

Le *Flamel* n'avait d'avaries que dans le bordage de babord; elles furent bientôt réparées et nous reprimes la première direction nord-ouest.

Le reste de notre navigation se fit sans rencontres dignes d'être citées.

Enfin nous voici à Batavia; il était temps d'arriver: la tempête, en nous dérangeant de notre route, nous avait fait perdre deux jours au moins, les vivres et l'eau allaient nous manquer.

Je ne parlerai point de cette ville célèbre, chef-lieu des possessions hollandaises dans les Indes orientales, ce sont mes mémoires que j'écris.

Malgré l'activité du commerce qui absorbe tout dans cette colonie, notre petit navire, dont on racontait la traversée, attira maint et maint curieux: je l'avais laissé sous la surveillance de ses deux inventeurs, et j'étais allé me loger chez la famille de mon ami Van-Streugen.

Mes deux compatriotes, pour se débarrasser des curieux et aussi par esprit de calcul, exigèrent une rétribution des visiteurs du *Flamel*.

Après plusieurs jours d'insistance, j'obtins une audience du gouverneur. Quand je lui eus remis la dépêche de Van-Eichorn, il la lut avec une grande attention, puis m'accabla de questions et sur Steuben, et sur Van-Eltrop, et sur le *Van-Diémen* et l'île où nous étions restés si longtemps. Il me fit compter mes appointements durant tout le temps, ajouta une forte gratification, puis m'adressa nombre de questions au sujet du jeune Van-Kolbe.

Quand je lui eus répondu que ce jeune marin s'était très bien conduit sur mon bord, qu'il nous avait rendu d'importants services, mais que j'ignorais entièrement qui il était, et que dès notre arrivée à Batavia, il avait disparu sans que je l'eusse revu, le visage du gouverneur devint sombre. Evidemment Van-Kolbe était un personnage qui l'intéressait de très près.

Plusieurs fois il mit la conversation sur son sujet, comme s'il voulait savoir si je lui avais tout dit : mais ne connaissant rien de plus sur Van-Kolbe, je ne pus répondre à ses soupçons.

— Meinherr Flamel, me dit-il en me congédiant, si vous le rencontrez à Batavia, vous m'obligerez de m'en donner aussitôt connaissance : nous lui portons un intérêt qu'il ne paraît pas comprendre.

CHAPITRE VI.

Ce qu'était Van-Kolbe. — Services rendus au directeur. — Vente du *Flamel*. — Départ. — Le Malgache laissé à l'Ile-de-France. — Arrivée au cap de Bonne-Espérance. — Le Congo placé. — Arrivée en Hollande. — Traversée à Dieppe. — Séparation douloureuse. — Fin.

Ma dernière campagne m'avait dégoûté de la mer, et d'ailleurs les années me rendaient le repos nécessaire; je voulais passer le reste de ma vie d'une manière bien différente de celle qui avait occupé mon existence jusqu'à ce jour. Mes pensées se tournaient vers un monde meilleur : j'avais toujours été religieux; en remplissant mes devoirs d'homme, ma tâche me parut remplie, je songeai à me préparer à mon dernier jour. Tout me paraissait favorable; veuf et sans enfants, j'avais une belle fortune acquise par de longs et périlleux services, un corps encore assez robuste, mais j'étais rassasié de la vie ordinaire; je voulais le repos, la pensée et la prière.

Dans la famille Streugen, j'aurais trouvé tout ce que je pouvais désirer, mais elle n'appartenait point à ma communion chrétienne, et, en me gênant, je craignais de les gêner. Je voulais revenir en Europe; mes deux compatriotes le désiraient autant que moi, et me pressaient de prendre ce parti le plus tôt possible.

Je promis au Malgache de le laisser dans une des possessions françaises, auxquelles nous devions toucher à notre retour en Europe, et de là il pourrait retourner à Madagascar, la France ayant alors des possessions sur la côte de cette grande île; mais il refusa ma proposition, il s'était attaché à ma personne et à mes deux compatriotes, et voulait partager leur sort. Le Congo ne fut ni content ni mécontent de la proposition que je lui fis de le laisser au Cap, d'où il trouverait plus d'une occasion de retourner dans son pays. C'était un esprit obtus, cependant il se montrait susceptible d'attachement.

Nous étions depuis quinze jours à Batavia, moi occupé à régler mes affaires afin de me préparer au départ, et mes gens, j'en avais encore quatre avec moi, passaient leur temps à flâner dans une ville où il n'y a guère de flâneurs.

En repassant dans ma mémoire ma vie antérieure, je me rappelai que Van-Eltrop m'avait donné une liasse de papiers et recommandé de secourir ceux de ses matelots qui lui survivraient. Cette négligence, ou plutôt ce trouble, me causa un cruel remords : les autres matelots avaient été enrôlés sur des bâtiments hollandais, il est vrai, et y trouvaient des moyens d'existence conformes à leur genre de vie; cela ne me déliait point de la promesse faite à mon pauvre ami; je regardai la souscription mise sur l'enveloppe : elle me recommandait de remettre moi-même les papiers entre les mains des directeurs, après en avoir pris connaissance. J'ouvris le paquet, et, ainsi que me l'avait dit Van-Eltrop, j'y trouvai ses lettres et la réclamation de ce que lui devait la Compagnie; le tout devait s'élever à une somme considérable, car, comme tout Hollandais, Van-Eltrop était engagé dans les affaires de la Compagnie. Dans un écrit joint à ces pièces, il déclarait que j'étais son seul héritier, et qu'il m'avait indiqué l'emploi que je devais faire de sa fortune, en-dehors de tout contrôle. Une petite note séparée me donnait la moitié de sa fortune, et l'autre à ses anciens marins qui avaient été confinés avec lui dans l'île, avec d'autres détails inutiles à rapporter ici.

Pour ne plus faire antichambre dans les bureaux, j'adressai au directeur une demande d'audience. Sa réponse me parvint par le même porteur, qui n'était autre qu'Elisssry; on m'accordait l'audience le jour même. Cette promptitude avait étonné mon Basque qui, en homme qui sait se faufiler partout, connaissait la lenteur vaniteuse des gens de bureau; il m'en parla et me dit :

— Si l'on ne m'avait pas recommandé de faire diligence, je me serais arrêté quelques instants avec Van-Kolbe que j'ai rencontré dans la rue et reconnu malgré son espèce de déguisement. Il m'a semblé qu'il désirerait faire l'acquisition de notre petit navire : je dois aller le rejoindre aux alentours de la Bourse.

— Vous me rappelez, mon ami, que le directeur

m'a parlé de ce jeune marin, je pense qu'il veut l'engager au service de la Compagnie, ou qu'il a sur lui d'autres vues ; je ne sais pourquoi Van-Kolbe semble éviter le directeur.

Après être resté un instant pensif, Elissary me demanda s'il devait en prévenir Van-Kolbe.

— Non, non ; quand l'homme d'un âge mûr cherche le jeune homme qui l'évite, évidemment il faut se tourner du parti de celui qui a le plus d'expérience de la vie, et le plus de sagesse. Ne dites rien à Van-Kolbe ; sachez s'il veut faire l'acquisition du *Flamel,* et le lieu qu'il habite.

Je me disposai aussitôt à me rendre chez le directeur. Des bureaux on me conduisit dans une magnifique maison que je pris pour un palais ; je fus introduit sur-le-champ par un nègre en livrée.

Le directeur se leva avec assez de vivacité à mon arrivée, m'indiqua un sofa, et me dit ces seuls mots :

— Eh bien ! meinherr Flamel, avez-vous des nouvelles de Van-Kolbe ?

Je lui racontai ce que j'avais appris de mon matelot.

— Nous nous en doutions, nous nous en doutions, répéta-t-il avec animation. Votre matelot est-il un homme intelligent, énergique?

Ce dernier mot me donna une mauvaise pensée ; je crus qu'il s'agissait d'une vengeance, je répondis :

— Mon matelot a une intelligence supérieure, il est hardi comme un Basque qui n'oubliera jamais qu'il est Français.

Le directeur me regarda un instant d'un air étonné; la rougeur de mon visage lui fit deviner mon soupçon.

— Oh! dit-il, ce n'est pas cela; non, ce n'est pas une lâche action que je lui demande de commettre! Meinherr, veuillez m'écouter : Ce jeune homme est l'enfant que j'ai eu d'un premier mariage avec la fille d'un des petits princes du pays; il perdit sa mère de bonne heure, et passa ses premières années auprès de son grand-père maternel.

J'étais alors à la tête d'une maison considérable de commerce, et obligé de faire de fréquentes absences. La Compagnie hollandaise m'employa, je résidai à Batavia, où je rappelai mon fils.

Sa forte constitution, son activité d'esprit me charmèrent, mais cet esprit n'avait reçu aucune culture; la nature, en faisant tout ce qu'elle peut faire pour le fils d'un raja, n'avait rien fait pour le fils d'un négociant hollandais. Van-Kolbe entrait alors dans sa vingt-quatrième année : il eut des maîtres pour tout ce qu'il devait apprendre, mais il ne profita réellement que des leçons qui avaient pour but la science maritime; il fit plusieurs voyages heureux, et moi-même j'aurais été au comble de mes vœux, si mon fils n'eût pas montré une grande prédilection pour ses parents maternels.

pour leur genre de vie, et, il faut le dire, pour leur indépendance.

A l'époque où je fus mis à la tête de la Compagnie hollandaise des Indes orientales, plusieurs petits princes du pays s'étaient ligués contre nous. La guerre avait déjà commencé; le grand-père maternel de mon fils se trouvait à la tête de cette coalition. Un jour mon fils disparut de Batavia, il alla rejoindre ses parents maternels, se mit à la tête d'une troupe qu'il sut mieux discipliner que celles de la coalition. Il devint pour nous un ennemi dangereux; il tomba dans une embuscade et me fut apporté dangereusement blessé. Je n'ai pas d'autres enfants que lui, Meinherr, ma seconde femme le chérit aussi tendrement que s'il était son fils : il a de belles qualités du cœur, Meinherr; nous espérâmes le ramener à nous. Nos soins, notre tendresse le touchaient; il nous aime; oh! mon épouse et moi en sommes convaincus; mais le sang maternel, les habitudes de l'enfance, un esprit fier et indépendant le font pencher vers ses parents demi-sauvages.

La coalition des princes du pays fut dissoute, mais elle se renoua en silence, nos agents nous en avertirent; mon fils, entièrement rétabli, m'inspirait des inquiétudes de ce côté-là. Je lui proposai de s'embarquer avec Van-Eichorn qu'il aimait et à qui la Compagnie confiait un fort brick de guerre pour aller croiser dans les parages de la Nouvelle-Hollande. Il accepta avec empressement, mais ne voulut prendre aucun grade pour vivre en-dehors de la subordination, qui le blessait. Il est certain que si Van-Eichorn avait connu l'état actuel de l'intérieur du pays, il eût gardé mon fils sur son bord. Le soin que ce malheureux enfant a pris de dissimuler son retour, me prouve qu'il est informé de l'agitation de l'intérieur des terres, et qu'il veut encore prendre parti pour sa famille maternelle. Je veux l'envoyer au cap de Bonne-Espérance, c'est un de mes parents qui en est gouverneur, et le soustraire ainsi à la tentation de se tourner contre ceux qui sont plus ses compatriotes que les turbulents indigènes du pays.

Ce court récit me toucha, j'eus honte de mon premier soupçon, et je promis au père qui réclamait son fils de m'employer de toute ma volonté, de toutes mes forces à le lui ramener.

Après quelques instants de conversation, je lui remis les réclamations de Van-Eltrop et le priai de les examiner et d'y faire droit dans le plus bref délai, voulant retourner en Europe sur un des vaisseaux de la flotte qui devait partir pour le Cap.

— Meinherr Flamel, vos papiers seront promptement examinés et on y fera droit; j'ai un second service à vous demander : cédez à mon fils votre petit navire, puisqu'il paraît en désirer l'acquisition; tenez-moi au courant de tout et promettez-moi de donner vos conseils à mon fils, car il faut qu'il s'embarque avec vous sur l'*Amsterdam*, au commandant duquel je vais vous recommander. Ne vous donnez pas la peine de suivre votre réclamation dans les bureaux, elle sera accueillie et promptement satisfaite. Songez au père et aidez-lui à reprendre son enfant. J'ai mon plan tout tracé, Van-Kolbe ignorera que vous avez secondé un père qui vous en sera à jamais reconnaissant.

De retour à la maison, je fis part franchement à Elissary de ce que m'avait dit le directeur, je savais que je pouvais compter sur lui quand un projet était louable.

— Le pauvre garçon, me dit-il, est venu se prendre lui-même au trébuchet; je vous donnerai, ce soir même, tous les renseignements désirables; mais une chose me chiffonne l'esprit : si je lui vends le *Flamel*, c'est qu'il pourra le payer; s'il le paie et que son père l'embarque, c'est autant de perdu pour lui, Monsieur, et cet argent ne lui vient pas de son père !

Cette observation me sembla juste : j'écrivis à ce sujet un petit billet au directeur, Casenave le porta. La réponse fut : « Vendez, c'est à la Compagnie d'en tenir compte à l'acheteur. » Cela nous rassura.

Elissary traita avec Van-Kolbe de notre petit navire. Le jeune homme, parfaitement méconnaissable, vint me trouver le soir, me solda, non en papier, mais en bonnes pièces d'or, le montant de l'achat, et me demanda si j'emmenais mes serviteurs avec moi.

Je lui répondis que c'était leur désir et que nous voulions retourner en Europe.

— J'ai eu longtemps le désir d'y aller, me dit-il, mais le devoir me retient dans ce pays; peut-être irai-je quelque jour en Europe, laissez votre adresse à Amsterdam, je vous reverrai avec plaisir.

— Que comptez-vous faire du *Flamel?* lui demandai-je, il est de trop petite contenance pour une entreprise importante?

— Il me convient parfaitement; il prend peu d'eau, marche sans voiles, je veux m'en servir pour établir un commerce avec l'intérieur du pays.

Il me fallait gagner du temps; je le priai de se rendre le lendemain avec moi sur le *Flamel*, d'où je devais enlever ce qui nous appartenait encore.

Le lendemain j'étais encore au lit quand on vint me demander; deux facteurs de la Compagnie m'apportaient le montant de la fortune de Van-Eltrop, partie en or, et partie en traites sur le Cap ou Amsterdam.

J'envoyai mes serviteurs à la recherche des matelots du *Van-Diémen*, et je leur comptai la part proportionnelle de ce qui leur revenait, en les engageant à en faire bon usage.

Tandis que j'achevais de régler mes affaires afin de me tenir prêt pour le départ de la flotte, Elissary s'occupait sur le *Flamel* à enlever nos effets et attendait que les gens qui devaient venir en prendre possession se présentassent pour le leur livrer; ils ne vinrent que le soir, Van-Kolbe les accompagnait. Elissary livra le bâtiment, descendit sur le quai, mais ne s'éloigna pas.

— Je pressentais, me dit-il, qu'il allait se passer quelque chose d'imprévu.

Je me promenais de long en large, regardant cette forêt de mâts qui s'élevaient sur les vaisseaux aux larges flancs, au milieu desquels le petit *Flamel* ressemblait à une barque de transport. Plusieurs hommes parurent l'un après l'autre et se mirent à les examiner comme je le faisais moi-même. Leur nombre augmenta, et je vis que l'instant de la capture du pauvre Kolbe était proche : il sauta sur le quai, un homme singulièrement vêtu l'éclairait avec une lanterne. Le cercle des promeneurs se resserra autour de la lumière; il y a eu un instant de tumulte, puis tout est redevenu tranquille : le directeur a son fils à sa disposition.

Ce rapport me fit éprouver quelque chose qui ressemblait à un remords; cependant ma coopération n'avait eu qu'un but honnête, mais j'avais manqué de franchise; je ne dormis pas paisiblement

Ces choses se passaient le vendredi au soir, l'*Amsterdam* devait mettre à la voile dans la journée du lendemain ; la distraction que me causèrent les soins donnés au transport de mes effets à bord de ce navire, et mes adieux et remercîments à l'aimable famille de mon ami Streugen, chassèrent de mon esprit l'affaire de Van-Kolbe.

A une heure après midi, je me trouvais à bord de l'*Amsterdam*.

Un coup de canon annonça le départ ; les voiles s'étendirent, et la flotte, composée de dix-sept navires marchands et de deux navires de guerre, dont l'*Amsterdam* était l'un, sortit du port avec un bon vent, en bel ordre, et gagna le large.

Je m'attendais à trouver à bord Van-Kolbe, le directeur me l'avait positivement annoncé; mais je ne le vis point ; d'abord je crus qu'il était renfermé et qu'on ne lui laisserait la libre circulation sur le navire que lorsque nous aurions perdu la terre de vue, mais nous arrivâmes, grâce à la mousson, jusqu'à l'Ile-de-France, où la flotte fit une relâche de deux jours, sans que Van-Kolbe parût. A terre, où j'étais descendu ainsi que la plupart des officiers et passagers, je cherchai parmi eux Van-Kolbe inutilement. Je n'en fus point contrarié, sa rencontre m'eût été peu agréable, mais je désirais savoir comment s'était dénouée cette aventure.

Je découvris un négociant français qui entretenait des relations avec Madagascar et décidai mon Malgache à retourner dans son pays, en prenant toutes les mesures pour que sa petite fortune arrivât entière avec lui dans sa patrie. Ce noir m'était fort attaché, mais son intérêt exigeait qu'il retournât dans son pays natal, où il se trouverait en état d'y faire une certaine figure et d'y être considéré. Qu'eût-il trouvé en France?

Notre traversée jusqu'au Cap fut heureuse, quoique nous eussions quitté le lit des vents de la mousson, et nous entrâmes dans le port peu sûr de cette colonie encore hollandaise.

Les lettres de recommandation, dont je m'étais pourvu à Batavia, firent que le séjour que nous y fîmes me fut très agréable. J'utilisai mon temps à parcourir les environs du Cap et à visiter les vignobles de Constance, dont des Français furent les créateurs. Les vins de ces vignobles commençaient à jouir d'une réputation qui n'a fait que grandir sous la domination anglaise. Meinherr Streugen, cousin de mon ami, homme fort aimable et prévenant pour un Hollandais, m'avait donné l'hospitalité; mon Congo s'en trouva si bien qu'il me demanda de lui permettre d'entrer au service de Streugen : mon intention étant de le laisser au Cap, j'y consentis; mais comme il avait l'esprit obtus, je remis à Streugen sa petite fortune, loyalement garantie, et me trouvai lors du départ libre envers lui des engagements pris avec le pauvre Van-Eltrop.

Si jusqu'au Cap notre navigation avait été heureuse, il n'en fut point ainsi lorsque nous eûmes doublé et que nous entrâmes dans les eaux de l'Atlantique. Des vents contraires, des tempêtes nous assaillirent sur les côtes occidentales de l'Afrique, la flotte fut dispersée dans le golfe de Guinée, et l'*Amsterdam* ne put rallier que huit navires marchands; après beaucoup de périls, nous entrâmes dans la rade de Moscou, île du Texel, et y jetâmes l'ancre.

Ce fut avec un indicible bonheur que je descendis à terre : je ne sentais ni l'humidité ni les brouillards. Je me trouvais dans le voisinage de la France, que je n'avais pas revue depuis plus de trente ans; la France, où j'avais passé les premières années de ma vie, où devaient se trouver les restes de ma famille; j'étais ivre de joie. Je me hâtai de terminer mes affaires; les lettres de créance du directeur de la Compagnie à Batavia, et les recommandations qui les accompagnaient aplanirent les lenteurs : quinze jours après je partais pour la France avec mes deux compatriotes, qui paraissaient aussi heureux que moi, l'un de retourner dans les montagnes du Béarn, et l'autre dans les landes de Bordeaux. Ce fut à Dieppe que nous nous séparâmes, et ce fut pour nous un instant bien pénible : nous avions vécu si longtemps ensemble, tant souffert ensemble, qu'une affection sincère nous attachait comme de véritables frères.

J'avais été le dépositaire, je devrais dire le conservateur, de leurs émoluments, de leur petite fortune; ils savaient bien qu'ils ne devaient pas rentrer dans leurs familles comme de pauvres matelots dépourvus de tout, mais ils ne connaissaient pas le chiffre de ce qui leur revenait; quand je leur comptai à chacun la somme de six mille trois cents livres, ils ouvrirent de grands yeux ébahis.

— Autant que cela? me dirent-ils.

— Oui, mes amis, voilà ce qui vous revient pour vos appointements de deux ans sur le *Van-Diémen* et pour votre part du don de notre pauvre ami Van-Eltrop; maintenant, comme je suis aussi votre ami, je vous prie d'ajouter à cette somme celle de trois mille sept cents livres, et vous aurez la somme ronde de dix mille livres.

— Mais qu'avons-nous donc fait au bon Dieu, dit Casenave, pour qu'il nous comble ainsi de faveurs?

— Vous avez beaucoup travaillé, beaucoup souffert, et n'avez jamais douté de sa protection. Quand vous serez dans votre pays natal, rappelez-vous que dans les situations les plus désespérées vous avez eu recours à Dieu, le cœur confiant, et qu'il vous a sauvés; jouissez honnêtement de votre fortune, n'abandonnez point le travail, vous ne connaîtrez point l'ennui et vous vous soustrairez à bien des tentations.

Nous nous séparâmes les larmes aux yeux, et je les accompagnai jusqu'au port. Ils préférèrent, en vrais marins, le trajet de la mer à celui de la terre. et partirent sur un navire en destination pou Bordeaux.

Ma famille était originaire de Dieppe, je me trouvai donc le premier de retour au lieu de ma naissance; mais, hélas! je m'y trouvai seul. Le nom de Flamel survivait; la mort, les voyages et les déplacements de positions avaient dispersé tous les membres de ma famille. Je tombai dans la tristesse; l'homme qui a passé une partie de sa vie sur la mer est plus susceptible d'affection que celui qui vit au milieu de la société, où il trouve à chaque instant à éparpiller la sienne.

Après bien des recherches infructueuses pour retrouver quelques membres de ma famille, je découvris enfin qu'un fils de ma sœur aînée était curé dans une petite paroisse de la Normandie, sur la côte, vers Pontorson ; j'allai m'installer chez lui. Il fut aussi heureux que moi de retrouver un membre de sa famille dispersée. Il était presque aussi âgé que moi ; nos goûts, notre but commun s'accordèrent, je pouvais donc passer doucement le reste de ma vie.

C'est dans son presbytère que j'ai retracé les évènements de ma vie plutôt pour occuper les loisirs forcés de la vieillesse que pour composer un ouvrage littéraire. Aujourd'hui j'ai la main peu assurée, mais ma mémoire est restée fidèle ; je vis plus avec mes souvenirs qu'avec les hommes ; un vieillard de soixante-dix-huit ans n'a plus qu'à se souvenir et à se préparer à passer dans un monde meilleur.

Je veux noter ici que j'ai reçu des nouvelles récentes de mes deux matelots : ils m'ont fait écrire qu'ils étaient considérés comme les patriarches de leur village, ce qui me prouve qu'ils ont bien usé de la vie.

FIN.

Limoges. — Imp. E. Ardant et Cie.

www.ingramcontent.com/pod-product-compliance
Lightning Source LLC
Chambersburg PA
CBHW071230260626
47162CB00004B/1496